教室に
幽《ゆう》霊《れい》がいる!?
藤重ヒカル・作　宮尾和孝・絵

教室に幽《ゆう》霊《れい》がいる!?

もくじ

夏休みの金曜日

プールから帰った秀太《しゅうた》は、すぐに二階へかけあがった。

「お兄ちゃん、パソコンかして」

秀太《しゅうた》の兄、優太《ゆうた》の部屋はクーラーがきいていて、冷蔵庫《れいぞうこ》にでも飛《と》びこんだみたいだ。優太《ゆうた》は、机《つくえ》に向かったまま、めんどうくさそうに、ベッドの上を指さす。

「サンキュ！」

優太《ゆうた》は高校受験《じゅけん》の勉強中。夏休み前に、思いっきり成績《せいせき》がさがった。最近《さいきん》ピリピリしている。秀太《しゅうた》は、優太《ゆうた》のきげんをそこなわないように、パソコンを持って、さっさと部屋から出ようとした。

「待てよ、秀太《しゅうた》、パソコン、なにに使うんだよ？　映画《えいが》やアニメ見るのは、父さんか母さんいるときって決まりだろ？」

「ちがうよ、パソコンの練習すんの」

「練習？」

優太《ゆうた》が、いすを回してふりかえる。息ぬきがわりに話をする気になったらしい。最近《さいきん》、優太《ゆうた》と話せなくてつまらなかった秀太《しゅうた》は、ちょっとうれしくなった。

「うん、四年生って二学期からパソコン学習始まるんだって。今日、プール学習行ったら、鬼塚《おにづか》先生が言ってた」

「ふーん」

優太《ゆうた》は、少し考えると、なにか思いだしたように、「あっ」と言った。

「そうだ、コンピューター室でやるんだよな？　パソコン学習」

「そうだと思う」

「あそこでさあ、幽霊《ゆうれい》見たヤツいるんだぜ」

「幽霊《ゆうれい》？　うっそぉ」

「ウソかもしんないけど……あんがいホントかもよ。だって、その幽霊《ゆうれい》見たヤツって田辺《たなべ》だもん」

「え？　田辺君《たなべくん》？」

田辺君《たなべくん》は、優太《ゆうた》の友だちだ。中学でいちばん勉強ができる。

「あいつ、小六のとき、おれにだけ教えてくれたんだ。ないしょで」

「なんでないしょ？」

「みんなに知られたら、勉強しすぎで変《へん》になったって思われるからだと」

まじめな田辺君《たなべくん》らしい。

「どんな幽霊《ゆうれい》？」

秀太《しゅうた》が聞くと、優太《ゆうた》が身をのりだした。

「それがさあ……医者だって」

「医者？　なんで？　なんで、お医者さんの幽霊《ゆうれい》が学校に出るの？」

「知らないよお。あいつんち、親も医者だからじゃない？」

「変《へん》だよぉ。そんなの」

「変《へん》だけどさあ……とにかく、夕方、一人でそうじチェックに行ったら、白《はく》衣《い》着た医者が出てきて……」

「出てきて？」

「消えたって」

「それだけ？」

「それだけ」

「なにそれ？」

「だから、知らないよ。いっしゅんで、すぐ消えたってよ」

「いっしゅん？　それ、見まちがいじゃない？　ほかにないの？」

「六年のときだもん、聞いたかもしれないけど忘《わす》れちゃったなあ」

秀太《しゅうた》が、「え〜」と言ったが、優太《ゆうた》は、「さ、勉強勉強」と言って、また机《つくえ》に向かってしまった。

秀太《しゅうた》は、パソコンを持って優太《ゆうた》の部屋を出た。すぐにムッとする熱《あつ》い空気が秀太《しゅうた》をつつむ。あったかいゼリーに飛《と》びこんだみたい。

お兄ちゃんが楽しそうに話しているのを見たのは、ひさしぶりだ。秀太《しゅうた》は、少しうれしくて、小走りに階段《かいだん》をおりた。


小四の夏休みは、楽しいことがいろいろある。秀太《しゅうた》は、田辺君《たなべくん》の話を、夏の暑さといっしょに少しずつ忘《わす》れていった。

二学期になって、コンピューター室でパソコン学習をしたとき、ふと思いだしたけれど、すぐに頭から消えた。

なぜかというと、コンピューター室は、かべも白くて、ほかの教室より少しだけ新しい。明るい感じでレースのカーテンなんかもあって、とても幽霊《ゆうれい》が出そうには思えなかったからだ。
秀太《しゅうた》が、もういちどこの話を思いだしたのは、二学期もなかばをすぎたころだった。

1　月曜日　先生が泣《な》いていた

放課後《ほうかご》、秀太《しゅうた》が教室を飛《と》びだしたときだ。

「ちょっと、秀太君《しゅうたくん》！」

ゴリエの声。

――なんかしたっけかな……。

ゴリエといっても本人は、やせっぽちで、ちっともゴリラっぽくない。ゴリエと呼《よ》ばれているのは、名前が肥後梨絵《ひごりえ》だから。それに、学級代表のゴリエは、よく男子をしかる。ゴリエと呼《よ》ぶのは男子だけだから、そこにも理由があるのだろう。

でも秀太《しゅうた》は、あまり悪ふざけをする方じゃないので、しかられたことがない。なれてないから、思わず体がかたまった。

「なんですか?」

きんちょうしすぎて敬語《けいご》になった。はずかしい。ふりむくと、ゴリエと小《お》川《がわ》紗季《さき》が立っていた。赤のチェックのシャツがおそろいみたいに見える。ちょっとだけほっとした。紗季《さき》はすごくおとなしいが、なぜかゴリエとなかがよく、いつもいっしょだ。やさしいし、話がわかる。ゴリエがおこっても、止めてくれる。

「てっちゃん、もう帰った?」

ゴリエは、いつもバレリーナみたいに、髪《かみ》をひっつめているからか、ちょっとつり目がち。迫力《はくりょく》がある。

「校庭にいるよ。これから、みんなでメチャアテやるから」

秀太《しゅうた》は、あとずさりしながら答えた。

4-1

「ちょっと、つれてきてよ」

「なんでえ?」

ゴリエが、紗季《さき》の顔を見る。紗季《さき》はこまったようすで答えた。

「そうじチェックに行ったらね、柚木《ゆずき》先生がね……泣《な》いてるの。コンピューター室で」

秀太《しゅうた》は心臓《しんぞう》のあたりを、ギュッとつかまれた気がした。

——あれのせいだ……

紗季《さき》が、長めの前髪《まえがみ》の向こうから、上目《うわめ》づかいで秀太《しゅうた》の目を見つめている。まっ黒な瞳《ひとみ》が、なんでもお見通しという感じだ。

まちがいだった。今は、ゴリエよりも紗季《さき》の方がこわい。

紗季《さき》が続《つづ》けた。

「昼休み、てっちゃんと先生のパソコン、いじってたでしょう? 杉《すぎ》ちゃん、止めてたの聞かないで」

ゴリエが、秀太《しゅうた》をにらみながら言った。

「二人で行って、あやまってきなよ」

＊　＊　＊

柚木真由《ゆずきまゆ》先生は、十月から来た教育実習の先生だ。

となりのクラスに来た先生とちがって、おしゃれな感じではない。女子の中には、「二組の先生の方がよかったあ」なんて言う子もいる。

でも、おっとりしていて、やさしいし、少しぽっちゃりしているせいか、空気がなごむ感じがして、親しみやすい。クラスのみんなは、柚木《ゆずき》先生とすぐなかよくなった。

けれども、親しみやすいというのもこまりもの。柚木《ゆずき》先生の授業《じゅぎょう》は、いつも最後《さいご》、担任《たんにん》の鬼塚《おにづか》先生のどなり声で終わる。

今日、秀太《しゅうた》と哲平《てっぺい》と杉《すぎ》ちゃんは、給食当番《きゅうしょくとうばん》だった。昼休み、三人が教室にもどると、先生の机《つくえ》の上にパソコンが置《お》いてあった。

「そうだ、ネットでけんさくすりゃいいんだよ」

昼休みで、ひと気《け》のない教室を見まわしてから、哲平《てっぺい》が言った。

なんの話かというと、杉《すぎ》ちゃんの妹が見ているテレビに、鬼塚《おにづか》先生そっくりのCG《シージー》のサルが出てくるらしい。

「先生のパソコンは、まずいよ」

気になる話題を出したくせして、杉《すぎ》ちゃんが言った。まじめな杉《すぎ》ちゃんらしい。じつは秀太《しゅうた》も、ちょっとまずいかなとは思った。

「だいじょうぶだよ、秀太《しゅうた》はパソコン得意《とくい》だから、すぐだよ」

秀太《しゅうた》は別《べつ》にパソコンが得意《とくい》じゃない。家でいじっていたこともあって、パソコン学習のとき、少しだけみんなより進みが早かっただけだ。

でも、哲平《てっぺい》がそう言うので、秀太《しゅうた》は杉《すぎ》ちゃんの前で、いいかっこうをしたくなった。

「けんさくだけなら、だいじょうぶじゃないかな」

パソコンは、家にあるのとおんなじ、ノートパソコン。マウスにさわると、画面がパッと明るくなった。『まとめたことを発表しよう』という、赤い文字が画面いっぱいに広がった。

とりあえず、人差《ひとさ》し指《ゆび》をカチッとやってみる。『閉《と》じる』という字が出た。

ここでやめておけばよかった。

「おおお」

哲平《てっぺい》と杉《すぎ》ちゃんが、感心したような声をあげた。『閉《と》じる』って字が出ただけなのに。秀太《しゅうた》が友だちに感心されるのは、映画《えいが》やドラマの知識《ちしき》ぐらい。哲平《てっぺい》はともかく、勉強ができる杉《すぎ》ちゃんに感心されたのはうれしい。秀太《しゅうた》は、ますます得意《とくい》になってしまった。

ここは、『閉《と》じる』をカチッとしてみる。最初《さいしょ》の画面が、ササっと小さくなって、見なれたけんさくの画面が出てきた。

「おおおおお」

二人は、秀太《しゅうた》の肩《かた》をポンポンたたいた。秀太《しゅうた》は、杉《すぎ》ちゃんが言っていたテレビ番組のタイトルを、キーボードで打ちこんだ。

「動物村のチックン……チャーリー、と」

出てきた絵を見て、杉《すぎ》ちゃんが「コレコレ！」と、さけんだ。

「にてるう！」

三人はその場にしゃがみこんだ。笑《わら》いが止まらない。前まえから鬼塚《おにづか》先生は、自分でもサル顔って言っていたが、これはにている。おでこの出ぐあい、鼻の穴《あな》の大きさとか、まるで、鬼塚《おにづか》先生をそのままCG《シージー》にしたみたいだ。

「動画《どうが》、見ちゃおうよ！」

哲平《てっぺい》が、カチッとマウスのボタンをおした。

画面のまん中で、小さい丸がくるくる回りはじめた。

うんともすんとも言わない。まだ回ってる。

自分でやっておいて、哲平《てっぺい》が、

「あーあ」

と言って、秀太《しゅうた》を見た。まだ回ってる。

「知らないよお。やめろって言ったじゃん」

杉《すぎ》ちゃんまで、秀太《しゅうた》を見た。まだ回ってる。

バタン！

いきなり、哲平《てっぺい》が、パソコンをたたんでしまった。

「ああ！」

秀太《しゅうた》は、急いでまたパソコンを開いた。画面全体に青空の写真が広がり、まん中に『パスワード』って出ている。哲平《てっぺい》が、秀太《しゅうた》と杉《すぎ》ちゃんの背中《せなか》をうれしそうにたたいて言った。

「なおったね！」

なおったのか？

＊　＊　＊

なおってなかった。

五時間目が始まった。柚木《ゆずき》先生が、黒板の前に立った。ちょっときんちょうした感じ。日直の小寺《こでら》さんの声が、教室にひびく。

「国語の授業《じゅぎょう》を始めます。よろしくおねがいします」

後ろを見ると、鬼塚《おにづか》先生と教頭先生がすわっていた。ファイルになにか書きこんでいる。先生の成績表《せいせきひょう》みたいなものらしい。いつもは鬼塚《おにづか》先生だけなのに、今日は教頭先生もいる。「いいんじゃない?」が口ぐせの教頭先生は、たいていいつもニコニコ(口の悪い生徒が言うとヘラヘラ)している。でも、今はめずらしくしんけんな表情《ひょうじょう》。

「はい、えーと、きょ、今日の国語は、『まとめたことを発表しよう』です」

柚木《ゆずき》先生が、今にもうらがえりそうな声で、そう言ったとたん、
シュルシュルシュル!

黒板の前にさげてあったスクリーンが、天井《てんじょう》に向かってまきもどってし

まった。

みんなが大笑《おおわら》いする中、柚木《ゆずき》先生は、あわてて、アルミのぼうでスクリーンを引きおろそうとする。けれど、ぼうの先のフックがなかなかうまく引っかからない。

秀太《しゅうた》が、後ろを見ると、教頭先生がうでを組んでニヤニヤしている。鬼塚《おにづか》先生は、あきれたといった感じで天井《てんじょう》を見ていた。

柚木《ゆずき》先生は、ようやくスクリーンをおろすと、深呼吸《しんこきゅう》をして、パソコンを開いた。

今、引きおろしたスクリーンに、青空の写真が広がった。まん中に英語《えいご》の文字が書かれた、四角いわくが出ている。

「え？　パスワード？」

柚木《ゆずき》先生が、聞こえるひとりごとを言って、カチカチとキーボードをたたいた。

ホワワワワーン
まぬけな音といっしょにスクリーンに大きく広がったのは、さっきの『おさるのチャーリー』の絵だった。

教室の空気が爆発《ばくはつ》したみたいに、みんなが笑《わら》いだした。

「あれ、ちょっと待って、なになに？」

柚木《ゆずき》先生が、マウスをカチカチしながら、パソコンにいっしょうけんめい話しかけている。顔がみるみる赤くなっていく。パソコンはうんともすんとも言わない。さっきの小さな丸が、まだ回っていた。

教室の中に、柚木《ゆずき》先生ぐらいあせっているのが、もう一人いた。

——あれのせいだ……どうしよう……

もちろん秀太《しゅうた》だ。秀太《しゅうた》は、自分の心臓《しんぞう》の音が、みんなに聞こえているんじゃないかと心配になって、思わずまわりを見た。

いや、あせっているのはもう一人いた。みんな笑《わら》っている中、杉《すぎ》ちゃんだけが、秀太《しゅうた》とスクリーンをおろおろと見くらべている。

鬼塚《おにづか》先生が、スタスタと前に出てくる。なんか、これって、大ごとになるなあという感じがしてきて、秀太《しゅうた》はにげだしたくなった。

柚木《ゆずき》先生と鬼塚《おにづか》先生は、フリーズとか、ユーエスビーとか、よくわからない言葉で話している。鬼塚《おにづか》先生は、柚木《ゆずき》先生に、

「とりあえず、つないでて」

と、言いのこすと、教室を出ていった。かわりのパソコンをとりにいくらしい。教頭先生は、ずっとそのやりとりを、笑《わら》いをかみころす感じで見ていた。

みんなの笑《わら》い声《ごえ》におしつぶされそうになりながらも、柚木《ゆずき》先生は、

「教科書の42ページ開いてえ」

と、声をはりあげた。

教室が少しだけ静《しず》かになった。そのいいタイミングで、哲平《てっぺい》がさけんだのだ。

「あのサル、鬼塚《おにづか》先生に、にてねえ？」

今日二回目の笑《わら》いの爆発《ばくはつ》がおきた。

「にてるう！」「最高《さいこう》！」

みんなが口ぐちにさけぶ。前の方にすわっている哲平《てっぺい》が、秀太《しゅうた》の方にふりかえって、ブイサインを出した。秀太《しゅうた》は、げんなりした。

そのとき、ちょうど鬼塚《おにづか》先生が教室にもどってきた。

「いつまで笑《わら》ってんだ！　静《しず》かにしなさい！」

いつもなら、これで静《しず》かになるはずが、ぜんぜんみんなの笑《わら》いは止まらない。鬼塚《おにづか》先生のことで笑《わら》ってるんだから、あたりまえだ。教頭先生まで笑《わら》っている。

画面を消そうとしたのか、柚木《ゆずき》先生が、さっきよりもあわててマウスをカチカチさせた。

小さな丸が止まって消えた。

ANIMALチャンネル

スクリーンにうつっていたサルの絵が動きだす。同時に先生のパソコンから、声が聞こえた。

「やあ、私《わたし》はチャーリー。動物学校の先生だ。みんな、静《しず》かに！」

最悪《さいあく》だ。よりによって、チャーリーは先生らしい。三回目の爆発《ばくはつ》がおきた。今日、いちばんの笑《わら》いの大爆発《だいばくはつ》。

けっきょく、授業《じゅぎょう》がちゃんと始まったのは、二十分後。そのあとも、みんなの思いだし笑《わら》いは止まらなかった。

授業《じゅぎょう》が終わり、夏でもないのに、汗《あせ》びっしょりであとかたづけをする柚木《ゆずき》先生に、教頭先生が声をかけた。

「ひさびさに楽しい、実習授業《じゅぎょう》だったなあ。これも経験《けいけん》ってことで、いいんじゃない？」

教室を笑《わら》いながら出ていく教頭先生を見送ったあと、柚木《ゆずき》先生は、教室中に聞こえるようなため息をついた。

2　月曜日の夕方　最初《さいしょ》の幽霊《ゆうれい》あらわる

藤木秀太《ふじきしゅうた》と舟越哲平《ふなこしてっぺい》は、保育園《ほいくえん》のときからいっしょだ。

秀太《しゅうた》は哲平《てっぺい》のことを、いいやつだと思っている。

いいやつだけど、かなりのお調子者《ちょうしもの》。クラスでおきたさわぎの中心には、たいてい哲平《てっぺい》がいる。さわぎをおこすことも多いけど、わざわざ、さわぎの中に飛《と》びこんで、さわぎをもっと大きくすることもある。いっしょにいてあきないけれど、こまることもよくある。今回はこまることの方だ。

秀太《しゅうた》は、まだ校庭の砂《すな》のにおいがする哲平《てっぺい》のうでを引っぱって、四階への階段《かいだん》をのぼっていた。

「なんで、おれがあやまるんだよお」

哲平《てっぺい》は、いかにも不満《ふまん》そう。けれども、さっき校庭で、秀太《しゅうた》から柚木《ゆずき》先生が泣《な》いてると聞いたら、「うっそ！　マジ！」とさけんだ。

——こいつぜったい、「なんかおもしろそう」って思ってる。

コンピューター室のある四階は、シーンと静《しず》まりかえっていた。

四階は、特別《とくべつ》教室がならんでいるだけなので、放課後《ほうかご》はひと気《け》がない。空気がひんやりしている。下の階で六年生がそうじをしているようで、ときどき机《つくえ》やいすを引きずる音が、ひそひそ話みたいにひびいてくる。ろうかの電気も消えていて、ちょっとうすぐらい。

階段《かいだん》をのぼりきって正面が、第二音楽室。そのとなりがランチルームで、そのとなりがコンピューター室だ。そのまたとなりは集会室。

秀太《しゅうた》たちは、コンピューター室の入り口のガラス窓《まど》から、中をのぞいた。

「なんだよお、だれもいないじゃん！」

哲平《てっぺい》が、がっかりした感じで言った。やっぱり、ワクワクしていたらしい。

たしかに、だれもいないようだ。秀太《しゅうた》がためしに戸を引くと、かぎはかかっていない。スルスルと開いた。

「もう、帰っちゃったのかなあ」

秀太《しゅうた》たちは、なんとなく、そうっと部屋に入った。

――「スパイミッション006」みたいだ。

秀太《しゅうた》は、この前見た映画《えいが》に出てきたスパイになった気分だ。

部屋の中は、ろうかとちがい、西日で明るい。光の中、ほこりがちらちらおどっているのが見える。

コンピューター室といっても、コンピューターは、準備室《じゅんびしつ》にしまってあるので、机《つくえ》といすがならんでいるだけ。ふつうの教室にあるロッカーや貼《は》り紙《がみ》とかがないぶん、がらんとしている。

見ると、まん中あたりの席《せき》のいすだけ、ななめになっている。その席《せき》の机《つくえ》の上に、黄色いタオル地のハンカチが置《お》いてあった。

「だれかいたんだよ、きっと」

「柚木《ゆずき》先生のかな」

哲平《てっぺい》が、ハンカチを手にとった。

「いいにおいするよ。たぶん柚木《ゆずき》先生のだよ」

「おまえ、イヌかよ」

秀太《しゅうた》が、哲平《てっぺい》の鼻先からハンカチをとりあげた、そのときだ。

「ほら、もう始めますよ！　みんな席《せき》ついて！」

いきなり、教室に女の人の声がひびいた。

——え！　な、なに？

二人がびっくりしてふりむくと、教室の後ろのかべぎわに、メガネをかけた若《わか》い女の人が立っている。西日にてらされて、赤いメガネのふちがキラリと光った。

人がいるなんて、ぜんぜん気づかなかった。

「みんなって……だれですか？」

思わず秀太《しゅうた》が聞くと、女の人はスタスタとこちらに向かって歩きながら言った。

「なに、ねぼけてるの。早く席《せき》つく！」

——先生なのかな？

秀太《しゅうた》は、大人の言うことはとりあえず聞く方だ。なんだかよくわからないまま、近くの席《せき》についた。哲平《てっぺい》もつられて、秀太《しゅうた》のとなりの席《せき》につく。

女の人は、黒板の前に立つと、黄色いチョークをとって、大きくカツカツと字を書きはじめた。

『将来《しょうらい》の夢《ゆめ》』

女の人は、赤いふちのメガネを、人差《ひとさ》し指《ゆび》でちょいとあげて、

「今日はきのうの続《つづ》きです。将来《しょうらい》の夢《ゆめ》、ちゃんと考えてきた？」

な、なんのこと？　秀太《しゅうた》たちは、顔を見あわせた。

「続《つづ》きって……なに？」

「だいたい、だれなの？」

女の人が、持っていたファイルの角《かど》で、いちばん前の机《つくえ》をコンコンと軽くたたいた。

「ほらあ、おしゃべりしないで。自分の考えを言えばいいの。ええと、きみから」

きゅうにさされて、哲平《てっぺい》の背《せ》すじがピンとのびた。

「えっと……サッカー選手《せんしゅ》です」

「そう。私《わたし》の友だちにもいるよ。今でも日本代表めざしてがんばってる。きみもがんばってね。はい、拍手《はくしゅ》。じゃあ、次の人！」

秀太《しゅうた》は、あたりを見まわした。あたりまえだけど、ほかにだれもいない。

「あ……はい……とくに……ないです」

「将来の夢」

「考えてこなかったの？」

「え？　はい……」

言われてないのだから、しかたない。でも、女の人はため息まじりに言った。

「きのう言ったでしょ？　ない人もいるだろうけど、今の自分が好《す》きなこととか考えれば思いつくはずって。あれ？　きみの名前は……なんだっけ？」

「藤木秀太《ふじきしゅうた》……です」

秀太《しゅうた》の返事を最後《さいご》まで聞かずに、女の人は、

「ごめん、出席簿《しゅっせきぼ》忘《わす》れちゃった。とってきますね」

と言って、またスタスタと教室の後ろに向かって歩きだした。

背《せ》すじがピンっとのびていて、どうどうとしている。忘《わす》れ物《もの》をした人には、とても見えない。

――やっぱり先生なのかな……ん？

気のせいか、女の人の背中《せなか》が、オレンジ色に光っているような気がした。

西日があたっているからか。でも、光は、女の人が教室の後ろへ行けば行くほど強くなっていく。

「ええ⁉」

いっしゅん秀太《しゅうた》は、自分の心臓《しんぞう》が胸《むね》の中いっぱいにふくらんだような気がした。これがきっと「心臓《しんぞう》が破裂《はれつ》するほどおどろく」ってやつなんだろう。

オレンジ色に光った女の人は、同じように西日でオレンジ色に光るかべに、すいこまれるように消えていったのだ。

スウ……っと。

3　火曜日　ケーキを食べる

次の日の朝、秀太《しゅうた》が教室に入ると、ゴリエと紗季《さき》が、哲平《てっぺい》の席《せき》の前に立っていた。

二人に見おろされた哲平《てっぺい》は、目の力でいすにしばりつけられているみたいに見える。がやがやさわがしい朝の教室で、そこだけ変《へん》な空気だ。

ゴリエは秀太《しゅうた》を見つけると、手まねきした。

「あ、秀太君《しゅうたくん》、てっちゃんが変《へん》なこと言ってんの」

哲平《てっぺい》が、今にも泣《な》きそうな顔でこっちを見ている。

秀太《しゅうた》はランドセルもおろさず、哲平《てっぺい》を助けに向かった。ゴリエは、

「てっちゃんに、きのうあやまりに行ったか？　って聞いたら、柚木《ゆずき》先生いなくて、そのかわり幽霊《ゆうれい》が出たって……」

と、哲平《てっぺい》の肩《かた》をつつきながら、ひそひそ声で言った。

「ほんとだよなあ、秀太《しゅうた》……こいつら信《しん》じないんだよお」

哲平《てっぺい》が、なさけない目で秀太《しゅうた》を見あげる。最近《さいきん》のあばれっぷりから忘《わす》れていたが、きのう、秀太《しゅうた》は、哲平《てっぺい》がこわい話に弱いことを思いだしていた。

もう一つ秀太《しゅうた》が思いだしたことがある。

夏休み、優太《ゆうた》に聞いた田辺君《たなべくん》の話。でも、田辺君《たなべくん》が見たのはお医者さんの幽霊《ゆうれい》だったはず。あの女の人じゃない。この話は、哲平《てっぺい》をよけいにこわがらせるだけなので、秀太《しゅうた》は話していない。

あのあと、二人そろってあわてて教室からにげだしたけれど、哲平《てっぺい》がこわがればこわがるほど、秀太《しゅうた》はふしぎと落ちついてしまった。あの女の人はたしかに消えたけど……なぜか、あまりこわくはなかったのだ。

「哲平《てっぺい》が言ってること、ほんとだよ」

きのうの帰り道、秀太《しゅうた》と哲平《てっぺい》は、幽霊《ゆうれい》のことは秘密《ひみつ》にしようと約束《やくそく》していた。でも、約束《やくそく》した哲平《てっぺい》がもう話したんだからしかたない。秀太《しゅうた》は、きのう見たことをゴリエと紗季《さき》に話して聞かせた。

聞きおわると、いつのまにか、前かがみになっていた紗季《さき》が、

「てっちゃんの話とおんなじだよ……ほんとなんだ」

と言って、背《せ》すじをのばした。

「なんで、オレの話は信《しん》じないで、秀太《しゅうた》の話は信《しん》じんのお？」

哲平《てっぺい》が口をとんがらす。

「それと、くわしいことはわかんないんだけど……」

秀太《しゅうた》は続《つづ》けて、夏に優太《ゆうた》から聞いた、田辺君《たなべくん》の話もした。

やっぱり哲平《てっぺい》はショックだったらしい。「やっぱ、出るんじゃん！」と言って、耳をふさいだ。

でも、ゴリエと紗季《さき》は顔を見あわせた。

「お医者さんの幽霊《ゆうれい》？　それは関係《かんけい》なくない？」

ゴリエがそう言うと、哲平《てっぺい》は、

「でも、なんかは、いるってことだろう」

と、また口をとんがらす。

秀太《しゅうた》は、ゴリエに聞いた。

「ねえ、二人が見た泣《な》いてた人って、ほんとに柚木《ゆずき》先生だった？　あの幽霊《ゆうれい》じゃないかなあ？」

ゴリエと紗季《さき》がいっしょに首をふる。

「ちがうちがう、いつもの黄色いカーディガン着てたもん。ぜったい、柚木《ゆずき》先生。ね、紗季《さき》ちゃん」

「うん……秀太君《しゅうたくん》たちが見た、その幽霊《ゆうれい》はどんなかっこう？」

「背広《せびろ》みたいな上着着て、赤いメガネかけてた」

「じゃあ、柚木《ゆずき》先生じゃないね」

「ぜえんぜんちがう！　なんかやせてて、すらっと背《せ》が高くて……」

――ん？　あれ……？　待てよ……。

「どうしたの？」

ゴリエが聞くと、秀太《しゅうた》は、哲平《てっぺい》の顔を見て言った。

「哲平《てっぺい》……きのうの幽霊《ゆうれい》、ちょっと柚木《ゆずき》先生ににてなかった？」

哲平《てっぺい》は、いっしゅん、え？　という顔をしたが、思いだすように、

「そういえば……なんか、こう……先生を美人にした感じ？」

「ひどおい」

ゴリエがすかさずにらむ。

「だって、そうなんだもん、見りゃあわかるよお」

哲平《てっぺい》がそう言ったとき、教室に柚木《ゆずき》先生が入ってきた。

あの幽霊《ゆうれい》よりもよっぽど幽霊《ゆうれい》みたいな、かぼそい声で「おはよう」と一言《ひとこと》。

きのうの失敗《しっぱい》のせいだろう。元気がない。

秀太《しゅうた》は柚木《ゆずき》先生のうかない顔を見て、あらためて思った。

やっぱりにている。先生には悪いけど、もっとすらっとさせて、少し美人にして……先生にお姉さんがいたら、あんな感じだろう。

きゅうにゴリエが、パンと手をたたいた。みんな、びくっとしてゴリエを見た。とくに哲平《てっぺい》は、すわっていたいすから、ずりおちそうになった。

「見りゃあわかるってことね。だったら見にいこうよ」

＊　＊　＊

放課後《ほうかご》、秀太《しゅうた》、哲平《てっぺい》、ゴリエ、紗季《さき》の四人は、四階へ向かった。

きのうと同じように、四階のろうかにひと気《け》はない。

秀太《しゅうた》は、夏休み、プール学習で来たときの、生徒《せいと》がいない学校のふしぎな感じを思いだした。でも、秋になって日の光が弱くなったからか、あのときよりも……少し気味悪い。きのう来たときは、ぜんぜんそんな感じはしなかったのに。

秀太《しゅうた》は、ふだん、あまり「ワクワクする方」ではない。親からも「もうちょっと子どもらしくしなさい」とか言われるくらい、落ちついている。

一年生のころぐらいから、みんなが大さわぎしていても、なかなかいっしょにふざけられない。最近《さいきん》、本で「一歩引いて見ている」という言葉を見つけた。そんな言葉はなにかえらそうで、いやだけど、自分にぴったりな気がしていた。

けれども今日は、ちょっとちがう。

自分が、このふしぎな事件《じけん》の主役みたいな気がするから？　いつもとちがって、メンバーに女子がいるというのもあるだろう。

とにかく、秀太《しゅうた》は、ひさしぶりにちょっとワクワクしていた。

なぜか四人は、まさに忍者《にんじゃ》のようなしのび足で、ゆっくりコンピューター室に近づいた。戸のガラス窓《まど》からのぞくと、部屋の中には、やはりだれもいない。

——やっぱり、なんか出そうな気がする。

秀太《しゅうた》が少しあとずさる。すると、紗季《さき》がスルスルと戸を開けて、部屋に入っていった。紗季《さき》は、おとなしく見えて意外と度胸《どきょう》がある。

「ちょっと、紗季《さき》、待ってよ」

秀太《しゅうた》とゴリエも、あわてて部屋に入った。哲平《てっぺい》は、部屋に入る気はないようだ。

「これって、言ってたハンカチ？」

紗季《さき》は、机《つくえ》の上に置《お》いてあった、黄色いハンカチを手にとって、秀太《しゅうた》に見せた。

「そうそう、きのう発見したやつ」

ゴリエがハンカチを受けとって「かわいい」と言いながら広げた。くまのキャラクターのししゅう。ゴリエは、意外にかわいいものが好《す》きだ。

「柚木《ゆずき》先生のかなあ？　名前とか書いてない？」

秀太《しゅうた》が聞くと、ゴリエが首をふった。

「大人は名前書かないよ。ねえ、それより、あれ、だれ書いたの？」

ゴリエに言われて、黒板を見ると、黄色のチョークで『将来《しょうらい》の夢《ゆめ》』と書いてある。

ろうかから、哲平《てっぺい》が、

「あの幽霊《ゆうれい》が書いたんだよお」

と、答えた。みんなだまってしまった。紗季《さき》は、穴《あな》があくほどその字を見ている。

――やっぱりほんとに出たんだ。

きのうのことが夢《ゆめ》だったんじゃないかとも思えていた秀太《しゅうた》は、ぞっとしたような、ほっとしたような変《へん》な感じになった。

「ひょっとして柚木《ゆずき》先生も幽霊《ゆうれい》見たのかな」

紗季《さき》がぼそりと言うと、ゴリエが答えた。

「こわくて泣《な》いてたってこと？」

そのとき、どこからか、ふんわりと、いいにおいがしてきた。

なにか学校ではぜったいしないような、すっごくあまいにおい。

「うわあ！」

哲平《てっぺい》のさけび声がした。秀太《しゅうた》たちが顔をあげると、哲平《てっぺい》が教室の入り口で、口をあんぐり開けてふるえている。

「哲平《てっぺい》、どうした？　なに？」

哲平《てっぺい》が教室の後ろを指さした。

「出た、出た、出た……」

「え？」

秀太《しゅうた》たちはいっせいにふりかえった。

哲平《てっぺい》とちがい、みんな、声も出なかった。

きのうと同じだ。西日にてらされた、教室の後ろのかべぎわに、若《わか》い女の人が立っている。でも、きのうのメガネ先生じゃない。

コックさんみたいな白いぼうしに、白い調理服。手に持った銀のおぼんの上には、四つケーキがのっている。

「いらっしゃいませえ！」

女の人が、すっとんきょうな声を出した。耳がしびれるような高い声。ゴリエと紗季《さき》が、口をぽかんと開けたまま、

「はあ」

と、だけ言った。女の人が、つかつかと近づいてくる。

「どうぞ、ごえんりょなく、あいているテーブルにおつきください」

「テ、テーブルって……」

「机《つくえ》のこと？」

秀太《しゅうた》たちはそれぞれ、近くの席《せき》についた。

「本日のスイーツ、カボチャのクリームブリュレでございます！」

女の人は、きびきびと秀太《しゅうた》たち三人の前に、お皿にのせたケーキを置《お》いた。

ちょっと小さめで、少しこげめのついた黄色のクリームの上に、生クリームと、パリパリのうすいアメでできた網《あみ》みたいなのがのっている。

「かわいい！」

ゴリエが、思わず言うと、

「どうぞ、おめしあがりくださあい」

女の人は、大きな目をキラキラさせて言った。

——そう言われても……

秀太《しゅうた》は、ゴリエと紗季《さき》の方を見た。二人とも、銀のフォークをとろうともしないで、女の人とケーキをかわりばんこに見ている。女の人は、おかまいなしに、ニコニコしながら、「どうぞお」とくりかえした。

「うめえ！」

秀太《しゅうた》たちがふりむくと、哲平《てっぺい》がいつのまにか席《せき》について、ケーキをほおばっている。

──調子《ちょうし》いいやつ……

考えてみれば、哲平《てっぺい》はお菓子《かし》が大好《だいす》きだし、きれいなお姉さんも大好《だいす》きだからあたりまえか。

「うん。おいしい！」

今度は紗季《さき》だった。うなずきながら食べている。やっぱり度胸《どきょう》がある。秀《しゅう》太《た》とゴリエは、顔を見あわせたあと、思いきって、ケーキを口に入れた。

──おいしい！

秀太《しゅうた》は、カボチャはあんまり好《す》きじゃない。けれど、これはおいしい。上にのっているパリパリした網《あみ》みたいなものはキャラメルの味がする。ゴリエも目をかがやかせて食べている。

「お味のほう、いかがですかあ？」

女の人が、長いまつげをパチパチさせながら、みんなの顔を見まわした。

哲平《てっぺい》がお皿とフォークをガチャンと置《お》いて、さけんだ。

「おかわりってあるんですかあ？」

女の人は、うれしそうに、

「ほかにも用意していますから、しばらくお待ちくださあい」

と、言うと、みんなが食べおわったお皿をカチャカチャと、手ぎわよく銀のおぼんにのせはじめた。

ゴリエが、お皿をわたしながら、おそるおそる聞いた。

「あのう……お姉さん、なんなんですか？　ケーキ屋さんですか？」

お姉さんは、ゴリエを見つめて答えた。

「そうよ。だってこれ、私《わたし》の夢《ゆめ》だもん」

にっこりほほえむと、お姉さんは、おぼんにお皿をのせて、教室の後ろの方へスタスタと歩いていった。

そして、西日でオレンジ色にそまったかべの前で……

「きゃっ」

ゴリエが、短い悲鳴をあげた。

4　火曜日の夕方　柚木《ゆずき》先生あらわる

やっぱり消えた。

お姉さんの後《うし》ろ姿《すがた》は、かべの手前で、かべと同じようにオレンジ色に光って、すうっと消えた。

ゴリエは、泣《な》きだしそうな顔をして紗季《さき》にしがみついている。紗季《さき》は「え え!?」と言ったまま、ぽかんと口を開けていた。

幽霊《ゆうれい》が消えたところを見たのは二回目。それでも、秀太《しゅうた》のひざから力がぬけていった。なんとか立っていられるのは、ゴリエと紗季《さき》がいるからだろう。

いちばん最初《さいしょ》に、コンピューター室からにげだしたのは、哲平《てっぺい》だった。

「出たあ、出たじゃん、やっぱ出たじゃん！」

「てっちゃん、ちょっと待ってよ」

「待てよお、哲平《てっぺい》！」

秀太《しゅうた》たちは、哲平《てっぺい》を追いかけて、コンピューター室を飛《と》びだした。哲平《てっぺい》が階段《かいだん》へ曲がったすぐあと、
ガッシャーン！

なにかが床《ゆか》にちらばる音。いっしょに、

「きゃあ」

「わあ」

悲鳴がひびいた。哲平《てっぺい》が、階段《かいだん》でだれかとぶつかったらしい。

急いで、秀太《しゅうた》たちがかけつけると、階段《かいだん》のおどり場で、柚木《ゆずき》先生がしゃがんでいる。教科書とか、えんぴつとかをひろいあつめていた。哲平《てっぺい》は、かべに背中《せなか》をつけてすわりこんでいる。

「スピード違反《いはん》だよお。階段《かいだん》は、とくに注意しなきゃあ」

「でもね、先生、先生、でも……」

柚木《ゆずき》先生の注意を聞いているよゆうなんて、今の哲平《てっぺい》にはない。もちろん、ほかの三人にもない。それでも紗季《さき》が、おどり場にかけおり深呼吸《しんこきゅう》のあと、いつもより低《ひく》い声で聞いた。

「先生、どこ行くんですか？」

柚木《ゆずき》先生が、え？　っという感じで顔をあげた。

「きのう、上の教室に忘《わす》れ物《もの》しちゃったみたいなの」

紗季《さき》を見習うみたいに深呼吸《しんこきゅう》をしたゴリエが、あの黄色いハンカチをさしだした。

「これですか？　コンピューター室にありました」

「そうそう、それ！　見つけてくれたの？　ありがとう」

「先生、コンピューター室でなにしてたんですか？　きのう」

紗季《さき》が聞くと、柚木《ゆずき》先生は、「うん、ちょっとね」とだけ言って、ハンカチを受けとり、立ちあがった。

紗季《さき》とゴリエが、ふりかえって秀太《しゅうた》の顔を見た。秀太《しゅうた》には、二人が、きのうのことをあやまれって言いたいのか、幽霊《ゆうれい》のことを聞けと言いたいのかがわからない。

でも、今はこっちかなと思って、聞いてみた。

「先生、きのう、コンピューター室で幽霊《ゆうれい》見ませんでしたか?」

ゴリエは、ちがうでしょと首をふったけど、紗季《さき》は、そうそうとうなずいた。

先生の目が、まん丸くなった。

「え? ゆうれい?」

少し笑《わら》っている。

「私《わたし》たち、たった今見たんです。ケーキ屋さんの幽霊《ゆうれい》」

紗季《さき》のしんけんな顔に、柚木《ゆずき》先生もまじめな顔になった。

「ケーキ屋さん？」

「ケーキ屋さんっていうか……パティシエ？　女の人でした」

「女の人ならパティシエールよ」

「どっちでもいいですよお。見なかったんですか？」

ゴリエがつめよると、先生は、笑《わら》いながら首をふった。

「そんなあ、見るわけないでしょ」

「じゃあ、なんで泣《な》いてたんですか？」

紗季《さき》の質問《しつもん》に、柚木《ゆずき》先生が言葉をつまらせた。

――もう、そのこと聞かなくても……

いっしゅん秀太《しゅうた》は、そう思ったけれど、あやまるなら今しかない。腹《はら》をくくった。

「先生、きのう、先生のパソコンいじって変《へん》にしたの、ぼくと哲平《てっぺい》なんです。

ごめんなさい！」

哲平《てっぺい》もあわてて立ちあがって、頭をさげた。

先生は、ちがう、ちがうと言いながら首をふった。

「あれは、先生が悪いの。パソコンなんて、こわれてあたりまえ。こわれたら手も足も出ないなんていう、授業《じゅぎょう》の組み立てした私《わたし》が悪いの。鬼塚《おにづか》先生にしかられちゃった。でも、そんなことで泣《な》いたりしないよ。……そっか、泣《な》いてるの見られちゃったのかあ……私《わたし》ね、なつかしくて泣《な》いてたの」

「なつかしくて？」

「うん。ねえ、みんな、コンピューター室行ってみない？」

電気が走ったみたいに、哲平《てっぺい》が体をふるわせた。

「やだよお。また幽霊《ゆうれい》出るかも」

哲平《てっぺい》の言うことを気にもとめずに、柚木《ゆずき》先生は階段《かいだん》をのぼりはじめる。秀《しゅう》太《た》たちも、柚木《ゆずき》先生のあとを追った。

＊　＊　＊

西日がかげりはじめていたコンピューター室は、さっきよりもうすぐらい。もう、あまいにおいもしない。

柚木《ゆずき》先生は、ハンカチが置《お》いてあった席《せき》についた。

「私《わたし》ね、十年ぐらい前、このへんにすわってたの」

「え？」

どういうこと？　秀太《しゅうた》たちは、顔を見あわせた。

「うん、私《わたし》、この小学校の卒業生《そつぎょうせい》なんだ。でね、ここ、私《わたし》たちの教室、六年六組の教室だったの」

「六組もあったの？　今は三組しかない……」

ゴリエがおどろいて聞いた。六組もあったら、とても学年全員のこと、おぼえられないなと、秀太《しゅうた》は思った。

「そう、むかしは、もっと子ども多かったから。でも、私《わたし》たちのときが、いちばん生徒《せいと》が多かったみたいで。私《わたし》たちが卒業《そつぎょう》して、すぐに、ここコンピューター室につくりかえちゃったんだって。鬼塚《おにづか》先生が言ってた。そうそう、そのときの私《わたし》の担任《たんにん》、鬼塚《おにづか》先生だったの」

紗季《さき》がおどろいたように、

「鬼塚《おにづか》先生、そんな前からいるんですかあ」

と聞くと、柚木《ゆずき》先生は、

「むかしは、やせてて、長髪《ちょうはつ》で……女子に人気あったのよ」

と言って、いたずらっぽく笑《わら》った。今の鬼塚《おにづか》先生は、角刈《かくが》りで、おなかも出ている。どっちかというと、男子に人気だ。

先生は続《つづ》けた。

「私《わたし》ね、小学校の先生になろうって思いついたの、ちょうどそのころだったの。一年生のころから、ほんとにグズだったのにね、ある日、気がついたの。私《わたし》の夢《ゆめ》って先生になることなんだって」

「どうして先生に？」

「私《わたし》みたいなグズな子の気持ちがわかる人こそ、先生になるべきだってね。私《わたし》、実習に来て失敗《しっぱい》ばっかりだけど、なんかこの教室に来るとね、そのころの気持ちとか思いだせて、がんばれるんだ」

「それで一人でいたんですね」

ゴリエがうなずきながら言った。

「うん、そしたら、友だちのこととか思いだしちゃって……会ってないなあ、どうしてるかなあって思ったら、ちょっと泣《な》けてきちゃったの」

柚木《ゆずき》先生は、少し遠い目で教室を見まわした。秀太《しゅうた》は、いっしゅん、先生が、また泣《な》きだすんじゃないかと思った。

「私《わたし》、てっきり、このバカ二人のせいかと思っちゃった」

そう言ったゴリエを、哲平《てっぺい》がにらむ。

「私《わたし》は、幽霊《ゆうれい》見たからかと……」

紗季《さき》がもごもご言うと、

「幽霊《ゆうれい》なんて見たら、泣《な》かないで、舟越君《ふなこしくん》みたいににげるわよ。っていうか、どこに出たの？　幽霊《ゆうれい》」

柚木《ゆずき》先生は身をのりだした。

秀太《しゅうた》たちは、きのうの先生、そして、たった今見たパティシエールの幽霊《ゆうれい》の話をした。四人の話を聞きおわった柚木《ゆずき》先生は、黒板に書かれた『将来《しょうらい》の夢《ゆめ》』という字を見た。

「子どもの字じゃないわ……」

「うそなんかじゃないよお、さっきのケーキだって、まだおなかに入ってる感じするもん」

哲平《てっぺい》がおなかをパンパンたたく。たしかに、秀太《しゅうた》の口にもさっきの味が、まだ残《のこ》っている。

「そう……でも、なんか、幽霊《ゆうれい》と『将来《しょうらい》の夢《ゆめ》』って言葉が、なんていうか……

あわない感じ……」

柚木《ゆずき》先生は、教室の後ろの方へ歩いていった。

「どっちの幽霊《ゆうれい》も、後ろのかべのあたりにいきなりあらわれた。それでやっぱり、後ろのかべぎわで消えたのね。夕日みたいにオレンジ色に光って」

白いペンキがぬられたかべをコンコンとたたく。なんだか探偵《たんてい》みたいだ。

「やめてよ、先生、また出てきたらどうすんのさ」

おびえてあとずさりする哲平《てっぺい》をよそに、先生はふりむいて言った。

「ねえ、明日、この時間に集まろうよ。また、幽霊《ゆうれい》出るかも。おもしろそうじゃない?」

柚木《ゆずき》先生は、なにかワクワクしているように見えた。

5　水曜日　サッカー選手《せんしゅ》の幽霊《ゆうれい》あらわる

次の日は、四時間目の国語が、柚木《ゆずき》先生の授業《じゅぎょう》だった。

おとといの「まとめたことを発表しよう」の続《つづ》きだ。

でも、先生はパソコンを使わなかった。

そのかわり、大きな紙や小さな紙を黒板にはりつけていく。紙ごとにイラストが書いてあって、秀太《しゅうた》は次の紙がはられるのが、とちゅうから楽しみになった。みんなもそうだったみたいで、初《はじ》めて、鬼塚《おにづか》先生の「静《しず》かにしろお」もなく、授業《じゅぎょう》が終わった。

今日は、哲平《てっぺい》もおとなしい。しかも、手まであげていた。

「どうしちゃったの？　哲平《てっぺい》のやつ。いつもとぜんぜんちがう」

　杉《すぎ》ちゃんは気味悪がっている。秀太《しゅうた》は、きのうの帰り、哲平《てっぺい》がいつになく神妙《しんみょう》に「柚木《ゆずき》先生もがんばってんだなあ」と言っていたのを思いだした。哲《てっ》平《ぺい》なりに、少し反省《はんせい》したらしい。

　秀太《しゅうた》はといえば、きのう、いっしょに話したことで、柚木《ゆずき》先生と、ぐっと親しくなった感じがした。今までは、なにか、教育実習の先生となかよくするのは女子とかの役で、自分はその役じゃないとか、勝手に決めつけていたような気がする。

　けっきょく、大人の女の人と話すのが、てれくさかっただけなのかもしれない。秀太《しゅうた》は、哲平《てっぺい》も自分と同じような気持ちなのかなと思った。

＊　＊　＊

「おそいね、先生。もうすぐ四時だよ」

　ゴリエが、時計を見ながら、ため息をつく。

「まだ、先生たちと話してんのかな」

柚木《ゆずき》先生は、ゴリエに、先生たちとのお話し会が終わってから来ると言ったそうだ。秀太《しゅうた》も、かべの時計を見た。そのとき、黒板に書かれた『将来《しょうらい》の夢《ゆめ》』という字が目に入った。

「明日は、この教室でパソコンクラブあるから消されちゃうね」

「そっか、せっかくの幽霊《ゆうれい》の証拠《しょうこ》なのになあ」

哲平《てっぺい》は残念《ざんねん》そうだ。秀太《しゅうた》が、

「おまえ、幽霊《ゆうれい》こわいけど、いてほしいんだ……複雑《ふくざつ》なやつだなあ」

と、言うと、ゴリエと紗季《さき》が笑《わら》った。

言いながら気がついたが、ほんとうを言うと、秀太《しゅうた》も同じ気持ちだった。

「ねえ、梨絵《りえ》ちゃんって、大きくなったら、なにになりたいの?」

きゅうに紗季《さき》が、まじめな声で聞いた。ゴリエの目が、いっしゅん丸くなる。哲平《てっぺい》が、すかさず手をあげた。

「おれ、サッカー選手《せんしゅ》！　日本代表！」

秀太《しゅうた》が、「おまえに聞いてないよ」と言うと、ゴリエが笑《わら》いながら言った。

「わたしぃ？　うーん……きのうの幽霊《ゆうれい》みたいで変《へん》だけど、パティシエなんかいいなあって思ってるんだ」

「おまえんち、和菓子屋《わがしや》じゃん」

秀太《しゅうた》のお母さんは、ゴリエの家のどら焼《や》きのファンだ。秀太《しゅうた》が言うと、ゴリエがうなずきながら言った。

「うん……ジイジやバアバには悪いんだけど、ケーキとかの方が好《す》きなんだよねえ」

「スイーツ好《す》きだもんねえ、梨絵《りえ》ちゃん」

紗季《さき》が言うと、ゴリエがきゅうに足をばたつかせて答えた。

「でもさあ、それよりも、早く結婚《けっこん》したいよお」

秀太《しゅうた》は、ドキッとした。なにか、同級生の女の子が『結婚《けっこん》』なんて言うのが、変《へん》な感じがしたのだ。

「なんでさ?」

秀太《しゅうた》が聞くと、ゴリエは窓《まど》の外を見ながら答えた。

「私《わたし》さ、小一のとき、名字が変《か》わっちゃったんだよね。それまでは、上島梨《うえしまり》絵《え》だったのに、肥後梨絵《ひごりえ》になっちゃった。そしたら、みんなゴリエなんて言うし……もう一回、名字変《か》わるチャンスって、結婚《けっこん》のときしかないでしょ」

「え? それだけ?」

「わるい?」

なぜか、秀太《しゅうた》はホッとした。哲平《てっぺい》がうれしそうに言った。

「じゃあ、おれと結婚《けっこん》したら、舟越梨絵《ふなこしりえ》で、シリエだぞ。シリエ!」

「だれが、あんたなんかと結婚《けっこん》すんのよ」

ゴガン!

ゴリエが、哲平《てっぺい》がすわっているいすをけとばす。秀太《しゅうた》は、そんなことかんたんに言えてしまう哲平《てっぺい》が、少しうらやましかった。

ゴガン、ゴガン、ゴガン！

いきなり、コンピューター室に、すごい音がひびいた。机《つくえ》やいすがぶつかる音。いっしゅん秀太《しゅうた》も紗季《さき》も、ゴリエが哲平《てっぺい》のいすを、もっとけとばしたのかと思った。けれど、そんなもんじゃない。

四人は、いっせいに音のした方、教室の後ろを見た。

オレンジ色の西日にてらされたかべの前に、また、だれか立っている。今度は若《わか》い男の人だ。青いサッカーのユニフォームを着ている。

男の人は、足もとのサッカーボールを、ヒョイっとけりあげると、ストンストンとリフティングを始めた。長い髪《かみ》がふさふさゆれる。

「すげえ！」

哲平《てっぺい》が、声をあげた。ゴリエが、

「いなかったよねえ？　だれもいなかったよねえ？」

と言いながら、秀太《しゅうた》と紗季《さき》の肩《かた》をバシバシたたく。

たたかれた肩《かた》がいたいってことは、やっぱり夢《ゆめ》じゃない。秀太《しゅうた》も紗季《さき》も、言葉は出なかったが、うんうんとうなずいた。

そのとき、遠くから、なにかが聞こえてきた。だんだん近づいてくる。

ワ――――

歓声《かんせい》だった。ラッパの音もまじっている。サッカー場のような歓声《かんせい》だ。地《じ》鳴《な》りのようなたくさんの人の声が、すぐに秀太《しゅうた》たちをつつんだ。

男の人は、なにかの合図でもあったかのように右手をあげると、いきなりドリブルを始めた。机《つくえ》やいすなんておかまいなしだ。

ゴガン、ゴガン、ゴガン！

こちらへ向かってくる。

「わあ！　ちょっと、ちょっと！」

秀太《しゅうた》たちは、教室の前、黒板の方へにげだした。

男の人は、机《つくえ》やいすの間をドリブルしながら、こちらに近づいてくる。

いきなり、彼《かれ》がしゃべった。

「ゴウダ、見事なドリブル、相手のディフェンスをごぼうぬき！」

――この人、ゴウダっていうの？

秀太《しゅうた》たちを無視《むし》して、自分で自分のプレイの実況中継《じっきょうちゅうけい》をしている。

ついに、彼《かれ》は、四人の正面に来た。

「うわあ。やめてぇ」

秀太《しゅうた》たちは、黒板の前で、頭をかかえてしゃがみこんだ。

ドッバーン！

彼《かれ》が思いっきりけったボールは、四人の頭の上をかすめ、黒板にあたった。

はねかえったボールは、教室の後ろの方まで飛《と》んでいく。秀太《しゅうた》の頭の上に、
黒板消しが落ちてきた。

「やりました！　ゴウダシンジ！　日本、ワールドカップ出場です！」

男の人、いや、ゴウダシンジは、そうさけぶと、ガッツポーズをとりながら、後ろのかべに向かって突進《とっしん》していった。

——かべにぶつかる！

秀太《しゅうた》がそう思ったとき……キラリとオレンジ色に光って……消えた。

歓声《かんせい》も、すうっと鳴りやんだ。

また、コンピューター室は静《しず》かになった。

さっきの大さわぎがウソのよう。いや、ウソじゃない。その証拠《しょうこ》に、教室の机《つくえ》やいすはメチャメチャ。

「ちょっと、秀太君《しゅうたくん》、たいへん……」

ゴリエが、秀太《しゅうた》の肩《かた》や頭をはらってくれた。落ちてきた黒板消しのせいで、秀太《しゅうた》はまっ白だったのだ。最悪《さいあく》。でも、これも、さっきのできごとが、ほんとのことだったっていう証拠《しょうこ》だと秀太《しゅうた》は思った。

「ね、ねえ、ゴウダシンジっていう、サッカー選手《せんしゅ》、知ってる？」

哲平《てっぺい》はサッカーにくわしい。秀太《しゅうた》が聞くと、哲平《てっぺい》は、教室の後ろのかべを
ぼうっと見ながら、首をふった。

「ゴウダシンジって言ったよね……」

とつぜんの声に四人がふりむいた。

教室の入り口に、柚木《ゆずき》先生が立っている。もともと白い柚木《ゆずき》先生の顔が、
もっとまっ白に見える。先生こそ幽霊《ゆうれい》みたいだ。

「先生、見た？　見たよね？　今の」

ゴリエが立ちあがって、柚木《ゆずき》先生にかけよった。

柚木《ゆずき》先生は、ぼうっとしたようすで、小さくうなずく。

「先生、ゴウダシンジっていう人、さっきの人のこと、知ってるの？」

紗季《さき》が聞くと、先生はゆっくりうなずいて、

「郷田伸治《ごうだしんじ》って、私《わたし》が六年生のときの同級生……」

「ええ！」

幽霊《ゆうれい》と知りあい？　っていうか、幽霊《ゆうれい》じゃないってこと？　秀太《しゅうた》にはよくわからない。

柚木《ゆずき》先生は、ごくりとつばをのみこむと、郷田伸治《ごうだしんじ》が消えていったかべを見つめながら言った。

「でもね……郷田君《ごうだくん》、中学生のとき……亡《な》くなったの……」

紗季《さき》が息をのむのが聞こえた。ゴリエは、口を両手でふさいだまま動かない。哲平《てっぺい》は、その場にしゃがみこんでしまった。

時計の音だけが、コチコチとひびく。

――やっぱり幽霊《ゆうれい》だったんだ……。

秀太《しゅうた》は、頭の毛が、一本一本、いっせいに立ちあがったみたいに感じて、思わず、両手で頭をおさえた。これが、「ぞっとする」ってやつなんだって、あとで思った。

6　水曜日の夕方　ケーヤンに会う

校門の横に、大きなヤマザクラがある。その下にまっ赤な彼岸花《ひがんばな》が七本、さいている。

秀太《しゅうた》は彼岸花《ひがんばな》が好《す》きだ。なにか花火みたいでかっこいい。

でも、この前見たテレビのクイズ番組で言っていたことを、きゅうに思いだして、目をそむけてしまった。

彼岸《ひがん》というのは、あの世という意味で、つまり、彼岸花《ひがんばな》はあの世の花だということ。

秀太《しゅうた》は、彼岸花《ひがんばな》からはなれて、校門のそばにいる哲平《てっぺい》、ゴリエ、紗季《さき》のそばによった。

みんな、だまりこんでいる。それに、おしくらまんじゅうというほどではないけれど、いつもよりくっつき気味で立っている。

四人は、柚木《ゆずき》先生が出てくるのを待っていた。紗季《さき》が、一人で帰りたくないと言いだしたからだ。

秀太《しゅうた》と哲平《てっぺい》は家が近い。ゴリエの家はそのとちゅうだから、三人はいっしょに帰れる。紗季《さき》は、駅前の方なので方向が逆《ぎゃく》。一人で帰らなければならない。柚木《ゆずき》先生が電車に乗って帰るというので、紗季《さき》を送ることになったわけだ。

秀太《しゅうた》たちは、紗季《さき》といっしょに待つことにした。一人で待たすのもかわいそうだし、先生にもっと話を聞きたかったから。すっきりしないことが、たくさんある。

みんな、きのうパティシエの幽霊《ゆうれい》を見たあとより、ずっと無口《むくち》だ。秀太《しゅうた》には、みんなの気持ちがよくわかった。

おとといの先生の幽霊《ゆうれい》も、きのうのパティシエの幽霊《ゆうれい》も、どこのだれの幽《ゆう》霊《れい》かなんてわからない。でも、今日のサッカー選手《せんしゅ》の幽霊《ゆうれい》はちがう。中学生のときに亡《な》くなった郷田伸治《ごうだしんじ》さんという、柚木《ゆずき》先生の同級生だとわかってしまった。

すると秀太《しゅうた》は、きゅうにこわくなった。

幽霊《ゆうれい》やオバケがこわいとかの「よくわからないこわさ」ではない。ひょっとしたら、自分にもおこるかもしれない「ありそうなこわさ」。

大人になる前に幽霊《ゆうれい》になってしまった子を、身近に感じたからかもしれない。とにかく、さっきの幽霊《ゆうれい》について、明るく話すのは無理《むり》だった。

「先生おそいね。もう五時すぎたよ」

ゴリエが空を見あげた。夕焼《ゆうや》けが終わりかけている。群青色《ぐんじょういろ》の空に、少しだけピンク色をした小さな雲が、四つうかんでいた。なんとなく、秀太《しゅうた》は、その雲たちに「もう帰った方がいいよお」と声をかけたくなった。

「お待たせえ。ごめんねえ」

昇降口《しょうこうぐち》から、柚木《ゆずき》先生が、まだ、はけていないいくつのつま先をトントンさせながら出てきた。黒板みたいな深緑色のコートを着ている。ちょっとババくさい。若《わか》いんだから、ピンクとか、もっと明るい色のを着ればいいのにと、秀太《しゅうた》は思った。

「先生、おっそい。暗くなっちゃうよお」

ゴリエが、空を指さしながら言った。

「ごめんね。でも、これでも早いんだよ。八時すぎちゃったこともあるんだから」

「だいじょうぶなんですか？　早く帰って」

紗季《さき》がおそるおそる聞くと、先生は、

「明日、私《わたし》の授業《じゅぎょう》ないから平気だよ。今日の授業《じゅぎょう》もうまくいったしね。舟越《ふなこし》君《くん》のおかげかな」

と、言って、哲平《てっぺい》のランドセルをポンポンとたたいた。哲平《てっぺい》は、だまって、首をいきおいよくふった。てれている。

「さ、帰ろう。どんどん暗くなっちゃう！」

柚木《ゆずき》先生は、先頭に立って歩きはじめた。

秀太《しゅうた》には、柚木《ゆずき》先生が無理《むり》に明るくしているみたいに見えた。

＊　＊　＊

校門を出て、文房具屋《ぶんぼうぐや》さんの角《かど》を曲がって、住宅地《じゅうたくち》に入る。街灯《がいとう》の下を通るたび、五人の影《かげ》がのびたり消えたりをくりかえす。

まだみんな、だまりこくっている。それがいごこち悪く、秀太《しゅうた》は、たまらなくなって聞いた。

「先生、郷田伸治《ごうだしんじ》っていう人、中学生のとき、亡《な》くなっちゃったの？」

柚木《ゆずき》先生の肩《かた》が、少しびくっとした。そして、ふりむかないまま、か細い声が返ってきた。

「うん……中二の夏休みかなあ……水の事故《じこ》で……」

秀太《しゅうた》は、心に引っかかっていることを、聞くことにした。先生にもわからないと思うけど。

「先生、でも、今日の、あの……幽霊《ゆうれい》、大人だったよね？　中学生って感じじゃなかったよ」

柚木《ゆずき》先生が立ちどまって、ふりむいた。

「そうねえ、たしかに……。しゃべり方とか、ふんいきとかは、よくにてたけど……。それに……」

「それに？」

「ずっと、彼《かれ》、ボウズ頭だったの。あんな長髪《ちょうはつ》じゃなかった」

柚木《ゆずき》先生が、また歩きはじめた。

「あの幽霊《ゆうれい》、その郷田《ごうだ》っていう人の、ふりしてたんじゃねえ？」

哲平《てっぺい》が、あごをさわりながら言った。テレビアニメの探偵《たんてい》少年のつもりみたいだ。

「それ、ぜんぜん意味ない」

紗季《さき》が、あんまり、あっさり言うもんだから、秀太《しゅうた》とゴリエと先生は、ふきだしてしまった。

秀太《しゅうた》は、なんだかひさしぶりに笑《わら》った気がした。

＊　＊　＊

郵便局《ゆうびんきょく》まで来れば、その先は商店街《しょうてんがい》。ここからは、だいぶにぎやかになる。

秀太《しゅうた》と哲平《てっぺい》とゴリエは、ここで引きかえすことにした。

「じゃあね、紗季《さき》ちゃん、先生、また明日ぁ」

ゴリエがそう言って、手をふりかけたときだ。そばのビルから、変《へん》な集団《しゅうだん》がどやどやと出てきて、秀太《しゅうた》たちの間にわりこんだ。

四人のうち、二人はギターのケースを持っているから、ロックバンドかなにかだろう。

なにが変《へん》なのかというと、まずヘアスタイル。それぞれ、むらさき、きみどり、ピンクの髪《かみ》の毛《け》をツンツンと立てている。秀太《しゅうた》は、図鑑《ずかん》で見た南の島のイソギンチャクを思いだした。ただ一人、黒い髪《かみ》の男も、鼻の頭あたりまで前髪《まえがみ》がのびていて、ほとんどくちびるしか見えていない。そのくちびるは、まっ黒にぬられている。みんな、ボロボロに穴《あな》があいた服の上に、銀のとげとげがついた革《かわ》ジャンを着ていた。

ゴリエは、目をあわせないようにしている。哲平《てっぺい》は口を開けて、四色の髪《かみ》の毛《け》をかわりばんこに見まわしている。声には出してないけど、口の形が「スッゲー」と言っている。紗季《さき》は、あまり動《どう》じないで、四人を観察《かんさつ》していた。

「あれ？　真由《まゆ》ちゃんじゃねえ？」

黒髪《くろかみ》の黒い口から、意外な言葉が出た。

とっさに柚木《ゆずき》先生は一歩前に出て、四人をかばうみたいに両手を広げた。

Studio
1h ¥1000

そして、おそるおそる、

「はい……？」

「おれだよ、広瀬《ひろせ》。広瀬圭吾《ひろせけいご》」

黒髪《くろかみ》が、両手で前髪《まえがみ》をのれんみたいに分けて顔を見せた。

「ええ！　ケーヤン!?　うわ、どうしちゃったの？　なんか……すっごいかっこう」

「ええ！　先生、知りあいなの!?」

哲平《てっぺい》が、すっとんきょうな声をあげる。むらさきときみどりとピンクが笑《わら》いだした。笑《わら》うとあんまりこわくない。

「どうしちゃったのって、バンドやってんだよお」

黒髪《くろかみ》、いや、ケーヤンさんは、背中《せなか》にしょったギターケースを見せた。

紗季《さき》がボソッと、

「フライングブイ……」

と言った。秀太《しゅうた》が「えっ」と聞きかえすと、「なんでもない」と言ってうつむいた。

「おまえこそ、なにやってんの？」

柚木《ゆずき》先生は、ちょっとはずかしそうに答えた。

「まだ、大学生。いちど、ちがう大学行ったんだけど、やっぱり先生になりたくて、今の大学に入りなおしたんだ」

――へえ、そうなんだ……二回も試験《しけん》受けたのかあ。たいへんそう。

秀太《しゅうた》は、ちょっとびっくりした。

ケーヤンさんは、前髪《まえがみ》をかきあげながら、

「まじかよ、二回も受験《じゅけん》したのお？　っていうか、やっぱ先生目ざしてんだあ。がんばってんなあ。忘《わす》れ物《もの》女王の真由《まゆ》ちゃんがねえ」

柚木《ゆずき》先生が、〝忘《わす》れ物《もの》女王〟という言葉をかきけすように言った。

「あのね、今ね、教育実習で間橋小《まばししょう》に行ってるのよ」

「えーなつかしい。こちら生徒《せいと》さんですか？　どもども」

ケーヤンさんが、秀太《しゅうた》たちに頭をさげる。意外にいい人だ。秀太《しゅうた》たちも頭をさげた。

「しかも、指導員《しどういん》が鬼塚《おにづか》先生なの」

「まじ？　オニッチ、まだいるの？」

――鬼塚《おにづか》先生をオニッチって呼《よ》ぶってことは……なるほど、ケーヤンさんは、柚木《ゆずき》先生の小学校時代の同級生ってわけか。

秀太《しゅうた》には、ケーヤンさんの小学生時代が想像《そうぞう》できない。

「でも、おまえもあのとき書いた夢《ゆめ》、追ってんだなあ。なんか勇気《ゆうき》わくワア」

「あのときって？」

「なんだよ、おぼえてないの？　六年のとき、オニッチが、みんなに将来《しょうらい》の夢《ゆめ》を短冊《たんざく》みたいな紙に書かせてさ、教室のかべにはったじゃん」

「え……そうだっけ」

「おまえ、先生になるって書いてたよ。ほら、城島《じょうじま》に、なんかかっこいい先生のイラスト書いてもらってたじゃん」

「思いだした！」

「あんときは、みんなで〝ぜったいムリ！〟なんて言ってごめんなあ。おれは、あんとき、ロックスターになって、十年後には武道館公演《ぶどうかんこうえん》って書いててさ。ま、あと、三年延長《えんちょう》かなあ」

　ケーヤンさんがはずかしそうに言うと、きみどりや、むらさきや、ピンクが、「大きく出たねえ」「かわいい子の前だと言うことがちがうねえ」とか、はやしたてた。

　柚木《ゆずき》先生は、少し笑《わら》ったあと、きゅうにまじめな顔で言った。

「ねえ、郷田君《ごうだくん》、なんて書いたかおぼえてる？」

　髪《かみ》の毛《け》のせいでわかりにくいが、秀太《しゅうた》は、ケーヤンさんが、いっしゅんまじめな顔になった気がした。

「しんちゃんか……もちろんサッカー選手《せんしゅ》だよ。日本代表になってワールドカップ出るって書いてたよ。今ごろ、あいつも天国で夢《ゆめ》、追いかけてんのかもなあ。おれたちみたいにさ」

ケーヤンさんが、空を見あげて言った。

秀太《しゅうた》たちもつられて空を見た。

さっきのピンク色の四つの雲は、いつのまにか消えている。かわりにいちばん星が光っていた。

7　水曜日の夜　風呂《ふろ》で考える

　その夜、秀太《しゅうた》は、父さんのさそいをことわって、一人でお風呂《ふろ》に入ることにした。今日は、一人で「考えごと」っていうのをしてみたくなったのだ。

　家で秀太《しゅうた》が、じっとだまってすわっていたりすると、たいてい、父さんか母さんが、「どうしたの？」って聞いてくる。「ちょっと考えごと」って言うと、なぜか大笑《おおわら》いされる。

　いつもそんな調子《ちょうし》だから、本気でなにか考えるときは、一人でお風呂《ふろ》に入って考えることにしている。めったにないことだけど。

＊　＊　＊

柚木《ゆずき》先生たちと別《わか》れたあとの帰り道、秀太《しゅうた》と哲平《てっぺい》とゴリエは、さんざん話しあった。

「なんで幽霊《ゆうれい》が出るのか」とか、「ほんとに郷田《ごうだ》さんの幽霊《ゆうれい》なのか」とか、「だったら、先生やパティシエールさん、むかし出たお医者さんは、だれの幽霊《ゆうれい》なのか」とか。けれども、答えは出なかった。

でも、ゴリエが、ちょっと気になることを言っていた。

「あのね、郷田《ごうだ》さんって、将来《しょうらい》の夢《ゆめ》を書く紙にサッカー選手《せんしゅ》って、書いてたんだよねえ。なんか、夢《ゆめ》をかなえる前に死んじゃった人の幽霊《ゆうれい》が、出てきてるんじゃないかな?」

なるほど、たしかに、あってるような気がする。

「幽霊《ゆうれい》になって夢《ゆめ》をかなえてるってこと?」

秀太《しゅうた》がそう言うと、ゴリエは、うーんと考えこみながら、

「パティシエールさん、消える前に、『これが私《わたし》の夢《ゆめ》だから』って言ってた

の。で、てっちゃんと秀太君《しゅうたくん》が見た先生って、黒板に『将来《しょうらい》の夢《ゆめ》』って書いてたじゃない」

と言った。哲平《てっぺい》が、また、あごをさわりながらうなずく。

「じゃあ、あのケーキのお姉さんも赤メガネ先生も、むかしあの教室にいた子で、そんでもって、もう死んじゃった子の幽霊《ゆうれい》ってことか……」

「夢《ゆめ》がかなわないまま死んじゃったのが、よっぽどくやしいのかなあ。それで、幽霊《ゆうれい》になって出てくるのかなあ」

ゴリエが空を見あげながら言う。もう、空はすっかり暗い。

「でもさあ、なんで、子どもの幽霊《ゆうれい》のはずなのに、大人なわけ？」

秀太《しゅうた》が聞くと、二人はだまりこんだ。もちろん、秀太《しゅうた》だってわからないわけで、けっきょく三人ともだまりこんだ。

音もなく、一台の自転車が三人を追いぬいていく。

自転車のランプが見えなくなったころ、哲平《てっぺい》がめずらしくまじめな顔で言った。

「秀太《しゅうた》さあ、今、死んじゃったとして、くやしくて化《ば》けて出ちゃうほどの夢《ゆめ》ってある？」

「なんだよ、きゅうにまじめに……」

「秀太君《しゅうたくん》、大きくなったら、なにになりたいの？」

ゴリエも秀太《しゅうた》の顔をのぞきこむ。

秀太《しゅうた》は、答えられなかった。

——大きくなったらなんになる……？

秀太《しゅうた》の頭の中に、おかしなけしきが広がった。

大きな青い海、波の音、まぶしい光、拍手《はくしゅ》……秀太《しゅうた》は頭の中で、首をブンブンふった。これはちがう。二年生ぐらいのときの夢《ゆめ》だ。最近《さいきん》、大きくなったらなんになるって、本気で考えたこと……なかった。

「ほら、秀太《しゅうた》、映画《えいが》とか好《す》きじゃん」

「見るのは好《す》きだけど……つくってる裏方《うらかた》さんは、たいへんみたいだし」

こまったときは、質問《しつもん》で返すしかない。

「そう言う哲平《てっぺい》は？」

「おれ？　おれは、やっぱサッカー選手《せんしゅ》かなあ……化《ば》けて出るほどじゃないけどさ」

――そういえば、幽霊《ゆうれい》先生に聞かれたときも、そう言っていたっけ。

秀太《しゅうた》は、なんでもいいからパッと言える哲平《てっぺい》のことが、ちょっとうらやましくなった。

＊　＊　＊

お湯につかりながら考える。

おとといからのふしぎなできごとを考えるつもりが、秀太《しゅうた》は、ほかのことが気になっていた。

――おれ、大きくなったら、なにになりたいんだろう。

父さんは「勉強すれば、将来《しょうらい》好《す》きな職業《しょくぎょう》につけるぞ」と言う。通知表《つうちひょう》がよければ、父さんも母さんもよろこぶわけだし、ほめられる。自分でも気分がいいから、とりあえず勉強はがんばっているつもりだ。

でも、「好《す》きな職業《しょくぎょう》」ってなんだろう？

そこから先を考えていなかった。

息を止めて、お湯にもぐりはじめる。目の下ぎりぎりまで、お湯につかる。

——これやるの、ひさしぶりだなあ。

こうすると、お風呂《ふろ》の水面が、まるで水平線みたいに見えてくる。自分が、すっごく大きな海のまん中にいるように思えてくる。

秀太《しゅうた》は、二年生の学芸会《がくげいかい》で海賊《かいぞく》の役をやった。主役ではなかったけど、大《だい》好《す》きな海賊《かいぞく》マンガ「鋼《はがね》のパイレーツ」の主人公になった気分になれた。

それに、たくさんの友だちや父兄が、秀太《しゅうた》のことを本物の海賊《かいぞく》みたいだったとほめてくれたのがうれしかった。あのときなら、将来《しょうらい》の夢《ゆめ》は海賊《かいぞく》ですって、まよわず答えたろう。

これは、そのころつくったお風呂《ふろ》での遊びだ。

そのころは、息が続《つづ》くまで、こうして自分が海賊《かいぞく》になって、世界中の海をぼうけんするのを想像《そうぞう》していた。

ひさしぶりにやったら、前よりも、ずっと長く息が止められるようになっていた自分にびっくりした。

8　木曜日　柚木《ゆずき》先生、幽霊《ゆうれい》の正体に気づく

翌朝《よくあさ》、秀太《しゅうた》が教室に入ると、ゴリエの席《せき》で紗季《さき》がなにか話している。ゴリエは秀太《しゅうた》に気がつくと、小さく手まねきした。

最近《さいきん》、この二人とこそこそ話をすることが多いから、杉《すぎ》ちゃんが「なんかあったの?」と気にしている。ほかにも、なにかあやしいと思う人がいるかもしれない。秀太《しゅうた》は、ランドセルをロッカーへ置《お》きに行ったあと、さりげなくゴリエの席《せき》の前、小寺《こでら》さんの席《せき》にすわった。また、スパイになった気分だ。

紗季《さき》によると、きのうみんなと別《わか》れたあと、柚木《ゆずき》先生は、ずっとだまって、なにかを考えていたそうだ。

そのうちに、紗季《さき》が住んでいるマンションの前まで来たので、紗季《さき》が、
「うち、ここです。ありがとうございました」と言うと、先生はぼんやりと
「ああ、うん、気をつけてね」と言って、駅に向かって歩いていった。
紗季《さき》が、「気をつけてねって……もう家の前だよ」と思っていると、先生は、
いきなり、「わかった！」とさけんで、紗季《さき》の方へ引きかえしてきた。そして、
「ね、小川《おがわ》さん、明日、天気がよかったら、今日と同じ時間にコンピューター
室に集合ね」と言って、紗季《さき》の肩《かた》をパンパンたたいたそうだ。
「なんか、柚木《ゆずき》先生ね……興奮《こうふん》してたよ」
「天気が、なにか関係《かんけい》あるのかな？」
と言いながら、ゴリエは窓《まど》の外を見た。ゴリエにつられて秀太《しゅうた》が外を見ると、
今日も、きのうと同じ青空が広がっている。
四年一組の教室は、三階だ。四階のコンピューター室ほどじゃないけど、
見はらしはいい。

秀太《しゅうた》は、すいこまれそうな空の青を見て、きのう、お風呂《ふろ》の中で想像《そうぞう》した、どこまでも続《つづ》く海の青を思いだした。

いきなり頭をたたかれた。

「なんで、私《わたし》の席《せき》で、ぼうっとしてんのよ！」

小寺《こでら》さんだった。

＊　＊　＊

その日の長休み、秀太《しゅうた》のクラスは、男子と女子に分かれて柚木《ゆずき》先生とメチャアテをした。先生はもちろん女子チーム。大人のくせして、どんくさい先生は、たいした戦力《せんりょく》にはならない。すぐにあてられては、ゴリエたちに助けてもらっていた。

先生は、とくに秀太《しゅうた》や哲平《てっぺい》をねらうことはしない。きのう、おとといで、だいぶ親しくなったつもりでいたから、秀太《しゅうた》はなんかひょうしぬけした気分だ。

でも、考えてみれば、あまり親しく話してしまうと、ほかの人たちに、なにかあったとばれてしまうかもしれない。秀太《しゅうた》は、そのへんを柚木《ゆずき》先生も考えてるんだろうなあと、思うことにした。

それと反対に、哲平《てっぺい》がやたら、きのう今日と柚木《ゆずき》先生に、まとわりついているのが気になった。でもよく見ていると、哲平《てっぺい》はコンピューター室の話をぜんぜんしていない。あいつはあいつで、意外と考えているのかも。

どっちにしろ、自然《しぜん》に柚木《ゆずき》先生の黄色いカーディガンを引っぱったりしている哲平《てっぺい》のことが、秀太《しゅうた》は、やっぱりうらやましかった。

空はあいかわらず、ぽかあんと高くて、とにかく青い。

＊　＊　＊

四人は、きのうの時間より少しだけ早く、コンピューター室に向かった。待ちきれなかったのもあるけれど、昼休みに、紗季《さき》が気がついたからだ。

「先生が、お天気だったらって言ったのは、西日が教室に入るからだよ、きっと」

三人とも、そう言われてみると、西日がなにか関係《かんけい》あるような気がしてきた。先生の幽霊《ゆうれい》も、パティシエの幽霊《ゆうれい》も、郷田《ごうだ》さんの幽霊《ゆうれい》も、コンピューター室の後ろのかべにあたった西日に、とけるみたいにオレンジ色に光って消えた。出てくるところを見たことはないけれど、幽霊《ゆうれい》はいつも教室の後ろにあらわれる。

「きっと、コンピューター室の後ろのかべに、西日があたるとあらわれるんじゃないかと思うの」

秀太《しゅうた》は、父さんが、「言われりゃそうだよってことに最初《さいしょ》に気がつく子が、ほんとうに頭がいい子だ」と言っていたことを思いだした。しかも、自分が思いついていたら、もっと得意《とくい》げに言うはずなのに、紗季《さき》はさらりと言ってしまう。秀太《しゅうた》は、くやしいけど、紗季《さき》はやっぱり頭がいいと思った。

——紗季《さき》は、なにになりたいのかな？

紗季《さき》ならば、なんにでもなれそうな気がした。

四人がコンピューター室に入ると、もう柚木《ゆずき》先生がいた。この前の席《せき》の机《つくえ》にこしかけている。

「早かったね」

先生がそう言うのを聞いて、秀太《しゅうた》は言った。

「先生、西日って関係《かんけい》あるの？」

先生はちょっとおどろいた顔をして、

「うん、かもしれない。藤木君《ふじきくん》もそう思う？」

「小川《おがわ》さんの考えです」

秀太《しゅうた》が答えた。ここは、自分が考えたことにしたらかっこ悪い。紗季《さき》が、てれくさそうにうなずいた。

それを見て、柚木《ゆずき》先生が話しはじめた。

「きのうね、広瀬君《ひろせくん》と……」

「ケーヤンさん？」

紗季《さき》がすかさず聞いた。

「そう。彼《かれ》と話してて、思いだしたの。私《わたし》たちが六年生のとき、三学期が始まってしばらくしてからだったと思う。

鬼塚《おにづか》先生がね、将来《しょうらい》の夢《ゆめ》を短冊《たんざく》に書いて、卒業《そつぎょう》まで、かべにはっておこうって言いだしたの。掲示係《けいじがかり》の子たちが、はらなきゃいけなかったんだけど、そのころは一クラスに四十人ぐらいいたから、たいへんそうでね。クラスの半分ぐらいの子が残《のこ》って、みんなではったの。

なんか、お祭りの準備《じゅんび》みたいで、すっごく楽しかった。きれいにはりおわったの、今ぐらいの時間だったわ。はりおわったら、西日があたってきて、新品の画びょうが、きらきら光って」

「きれいだったの？」

ゴリエが、今はなにもはっていない白いかべを見ながら言った。

「うん。みんな、おれたちの夢光《ゆめ》ってるぞ、もっと光らせようって言って、あまった画びょうをぜんぶつけちゃった」

「それと幽霊《ゆうれい》と関係《かんけい》あんの？」

哲平《てっぺい》が聞くと、柚木《ゆずき》先生が首をふった。

「あれ、幽霊《ゆうれい》じゃないと思う」

「じゃあ、なに？」

「赤メガネの先生も、パティシエールさんも、サッカー選手《せんしゅ》も、あのとき、あのかべにはった夢《ゆめ》が、姿《すがた》になって出てきてるんじゃないかなって」

――ん？　どういうこと？

ちょっと、意味がわからない。秀太《しゅうた》が聞こうとすると、

「どうして、そんなことが？」

ゴリエが聞いた。紗季《さき》も哲平《てっぺい》も先生の方に身をのりだした。みんな、よくわからなかったのだろう。

先生は、きゅうに背《せ》すじをのばして答えた。

「そんな……私《わたし》もよくはわからないけど……でもね、あのときと同じ西日があたったときに出てくるのって、なんか、ぜったい、関係《かんけい》があると思う」

「西日で、夢《ゆめ》がかべにやきついちゃったのかな?」

紗季《さき》が落ちついた調子《ちょうし》で言うと、ゴリエが、

「西日で魔法《まほう》がかかっちゃったのかも!」

と大きな目をキラキラさせた。秀太《しゅうた》は、すごくゴリエらしいと思った。でも、よくわからない。

「先生、そのときの夢《ゆめ》だって、どうしてわかるんですか?」

「わかるの。藤木君《ふじきくん》と舟越君《ふなこしくん》が見た女の先生って、あのとき、私《わたし》が書いた夢《ゆめ》だわ。赤いメガネかけてたんでしょ?」

秀太《しゅうた》と哲平《てっぺい》は、顔を見あわせた。

「うん」「はい」

「私《わたし》が、かっこいい先生になりたいって書いた紙に、マンガの上手な友だちが、先生のイラストを書いてくれたの。そのイラスト、赤いメガネかけてたと思う。もう、その紙、どっかいっちゃったから、たしかめられないけど」

ゴリエが、パンと手を鳴らした。

「じゃあ、先生がこの教室にもどってきたから、出てきちゃったのかな？つまり、その……」

ゴリエが言いおわらないうちに、紗季《さき》が静《しず》かに言った。

「先生がきっかけで、この教室にこもってたっていうか……ねむってた夢《ゆめ》が目をさましはじめたって感じ？」

「もしかしたらね」

それが、ほんとなら……

「じゃあ、パティシエさんは？」

秀太《しゅうた》がそう聞くと、紗季《さき》がすかさずゴリエの肩《かた》をたたいた。

「梨絵《りえ》ちゃん、パティシエになりたいんでしょ？」

「うん……まあ……あ！　私《わたし》のせい？」

目をぱちくりさせて、ゴリエが自分で自分を指さす。

「肥後《ひご》さんの夢《ゆめ》が、あのときのだれかの夢《ゆめ》を起こしちゃったのかも」

柚木《ゆずき》先生が答えたのを聞いて、今度は哲平《てっぺい》が、自分を指さしながらさけんだ。

「じゃあ、サッカー選手《せんしゅ》はおれだ、おれの夢《ゆめ》で、郷田伸治《ごうだしんじ》さんの夢《ゆめ》が目ざめちゃったんだ！」

そうか！　秀太《しゅうた》の中で、ずっと引っかかっていたことがとけた。

「わかった！　幽霊《ゆうれい》じゃなくて夢《ゆめ》だから、郷田《ごうだ》さん、大人の姿《すがた》だったんだよ」

ゴリエと紗季《さき》が、なるほど！　と言った。先生も、うんうんとうなずく。

秀太《しゅうた》は、やっと自分の意見にみんながうなずいてくれたような気がして、気持ちよかった。

『あの先生が、柚木《ゆずき》先生ににてるけど少し美人だったのは、柚木《ゆずき》先生の夢《ゆめ》だから』という、すごくうなずける理由も見つけたけど、これは言わないことにした。

「先生、じつは、お兄ちゃんの友だちも、むかしここでお医者さんの幽霊《ゆうれい》を見たんだって。それも、だれかの夢《ゆめ》なんだったら、今までも夢《ゆめ》はときどき起きてたんだよ。でも、こんなにはっきりあらわれるようになったのは、やっぱり、先生がもどってきたからなんじゃない？」

秀太《しゅうた》がそう言うと、柚木《ゆずき》先生は、

「そうなの？　やっぱり私《わたし》のせいなのかなあ。これから、ずっとこの騒動《そうどう》、続《つづ》いちゃうのかもなあ」

と言って、まゆ毛をよせた。責任《せきにん》を感じているようだ。

「じゃあ、また、夢《ゆめ》が目をさますとしたら、紗季《さき》か、秀太《しゅうた》くんの夢《ゆめ》に関係《かんけい》あるってこと？」

ゴリエの大きな目が、二人の顔を見た。

「あのとき、小川《おがわ》さんや藤木君《ふじきくん》と同じ夢《ゆめ》を、書いた子がいたとしたらね」

先生の言葉に、秀太《しゅうた》と紗季《さき》は顔を見あわせた。

「ないない、私《わたし》、そんななりたいものなんて……まだないもん」

「おれのは……いや、ぜったいないよ」

自分と同じ夢《ゆめ》を持つ子どもがそのときいたとは、秀太《しゅうた》にはとても思えない。

——でも、ひょっとしたら……

おそるおそる秀太《しゅうた》が教室の後ろのかべを見ると……今、ちょうど、西日がさしはじめたところだった。

9　木曜日の夕方　たいへんなことになる

秀太《しゅうた》は、思わずすわっていた机《つくえ》から飛《と》びおりた。みんなもあわてて立ちあがる。先生がすわっていたいすが、はでな音をたててたおれた。

「いってぇ！」

哲平《てっぺい》が、すねをおさえて飛《と》びあがった。たおれたいすがあたったらしい。

その人は、西日でオレンジ色に光るかべから、にじみでるようにあらわれた。

キュワ―――ン！

教室に、エレキギターの音がひびく。

紗季《さき》がさけんだ。

「あ！　ケーヤンさん？……ん？　だれ？」

出てきたのは、ギターを持った男の人。でもケーヤンさんみたいではない。白いＴ《ティー》シャツに、Ｇ《ジー》パンに白いスニーカー、小ぎれいでさわやかな感じだ。

「イエーイ！　ようこそ！　武道館《ぶどうかん》！」

その人は、ギターをかきならしながら、秀太《しゅうた》たちを指さした。

「ひ、広瀬君《ひろせくん》？」

柚木《ゆずき》先生が、ふるえる声で聞くと、

「おいおい、本名で呼《よ》ぶやつがいるかい？　ケーヤンでいいよ、ケーヤンで！」

まちがいない。ケーヤンさんの夢《ゆめ》だ。現実《げんじつ》は、だいぶちがってしまったみたいだけど、六年生のころは、こういう感じのミュージシャンを夢見《ゆめみ》てたのだろう。

「ちょっと待って、だれがケーヤンさんの夢《ゆめ》、起こしちゃったの？　秀太君《しゅうたくん》？」

秀太《しゅうた》の後ろにかくれていたゴリエが、肩《かた》をおした。

「ちがうよ、おれ、別《べつ》にミュージシャンになりたいって、思ってないもん！」

「じゃあ、だれ？」

「ごめん……あたしだ」

紗季《さき》が、はずかしそうに手をあげた。

「えー！　紗季《さき》なの？」

「うん……きのう、ケーヤンさんに会って、ちょっとだけかっこいいなあって思って……」

ギュワーンン
また、ギターの音が教室にひびく。ギターだけじゃない。ドラムとか、歓《かん》声《せい》とか、ほんとうのコンサート会場みたいだ。ケーヤンは、目をつむって、頭をふって演奏《えんそう》に集中している。

「ケーヤン、これ、ケーヤンの夢《ゆめ》なんでしょ？」

柚木《ゆずき》先生が、耳をふさぎながらさけんだ。

ケーヤンがきゅうに演奏《えんそう》を止めた。歓声《かんせい》がやんで、静《しず》かになった。

「みんな、今日はオレの初《はじ》めての武道館《ぶどうかん》に来てくれて、ありがとう」

教室が暗くなった気がした。ケーヤンだけは、スポットライトをあびたみたいにきらきら光っている。白いT《ティー》シャツがまぶしい。

「聞いてくれ。これは、おれが小学校のときの先生が言っていた言葉だ。夢《ゆめ》っていうのは、持ちつづけなきゃならねえ。持ちつづけなきゃあ、ぜったいかなわねえ。今は、笑《わら》われちまいそうな夢《ゆめ》持ってるヤツだって、とりあえず、十年、十年やってみようぜ。そしたら、だれも笑《わら》わなくなる。年とっちまうって？　ジジイ、ババアになっちまうか？　そんなこたねえ、夢《ゆめ》持ってるヤツは、年なんかとらねえんだよ！」

ワ――――――！　パチパチパチパチパチ……拍手《はくしゅ》と大歓声《だいかんせい》。

「今日、ここに来てる中には、笑《わら》われちまいそうな夢《ゆめ》、持ってるヤツもいるだろう」

秀太《しゅうた》はドキッとした。

「でも、その笑《わら》われちまいそうな夢《ゆめ》を、かなえちまったヤツもいる。紹介《しょうかい》しよう！　今日のゲスト！」

スポットライトが、教室の後ろのかべにあたった。

すごい風がふいてきて、みんなは思わず手で顔をおおった。

——あれ？　なんのにおいだっけ。これは……海のにおい？

ザザーン、ギリギリギリギリギギ——

波の音、そして、木がきしむ音……

かべから出てこようとしているのは、人ではない。かなり大きい。

「なに？　なに？　コレ!?　ヤダ！」

ゴリエが紗季《さき》のうでをつかむ。紗季《さき》は、じゃまな前髪《まえがみ》を両手でかきあげ、もう無理《むり》なくらい目を開いている。

秀太《しゅうた》たちの目の前にあらわれたものは、幽霊《ゆうれい》どころのものじゃなかった。

秀太《しゅうた》たちは、黒板に向かってにげだした。

船だった。木でつくられた帆船《はんせん》だった。

教室の床《ゆか》はどこからが海なんだろう。教室の天井《てんじょう》は、どこからが空なんだろう。どこかいびつにゆがんでいる大きな船は、みるみるせまってくる。

船の先にだれか立っていた。

長髪《ちょうはつ》でひげぼうぼう、大きな黒いぼうしにコートのように長いまっ赤な上着を着て、黒いブーツをはいている。右手をこしにあてて遠くを見ていた。

——海賊《かいぞく》だあ……。

ぼうぜんと見あげる秀太《しゅうた》に、彼《かれ》は、ゆっくりと目をおろした。

「おまえも来るか?」

彼《かれ》はかがんで、こしにあてていた、ひじまである黒い皮手袋《かわてぶくろ》の手を、秀太《しゅうた》にさしのべた。

ゴリエがさけぶ。

「これって、秀太君《しゅうたくん》の夢《ゆめ》なの？」

「ちがう、ちがうよ……ちょっと、頭にうかんじゃっただけだって」

そう。だれにも言ってないが、秀太《しゅうた》は、将来《しょうらい》の夢《ゆめ》について考えると、なぜか二年生の学芸会《がくげいかい》のときの海賊《かいぞく》がうかんでしまう。

自分でも、海賊《かいぞく》になりたいなんてちっとも思ってないし、なれるわけがないって、よくわかっているはずなのに。

——でも……じゃあ、なんで!?

そのとき、教室の反対側《はんたいがわ》ににげていた柚木《ゆずき》先生がさけんだ。

「ダメ、藤木君《ふじきくん》、さがって！」

「え？」

柚木《ゆずき》先生が、おしよせる机《つくえ》やいすをガタゴトとかきわけて、ころがるようにかけよってくる。

「そ、その人、カタナ、剣《けん》持ってる！」

言われて、秀太《しゅうた》たちは気がついた。さしのべられたのと別《べつ》な手には、見たこともない大きな剣《けん》がにぎられていたのだ。

「うわあ！」「きゃあ！」

みんな、台所の包丁《ほうちょう》より大きな刃物《はもの》を見たのは、初《はじ》めてだ。

あわてて飛《と》びのいた哲平《てっぺい》は、黒板に頭をぶつけた。ゴリエと紗季《さき》は、だきあってしゃがみこむ。秀太《しゅうた》の足から、みるみる力がぬけた。

ようやく秀太《しゅうた》たちの方へ、たどりついた柚木《ゆずき》先生が、四人の肩《かた》をだいた。

「みんな、けがはない？」

「先生～」

こしがぬけたのか、立てなくなっている哲平《てっぺい》が、柚木《ゆずき》先生にしがみつく。

柚木《ゆずき》先生は、四人をかかえこむようにして、

「とりあえず、ろうかへ出るよ！」

と、立ちあがらせようとした。でも、みんな、立ちあがれない。

みるみるうちに、秀太《しゅうた》たちのまわりのタイルの床《ゆか》が海になっていく。

秀太《しゅうた》はあたりを見まわした。秀太《しゅうた》たちと出入り口の間は、もうすっかり海。のぞきこむと、水の底《そこ》は見えず、かなり深そう。いつのまにかぬげた、だれかの上《うわ》ばきが、ぷかぷかういている。これでは教室から出られない。

「ちょっと、あんた、その剣《けん》、しまいなさい！」

柚木《ゆずき》先生は、海賊《かいぞく》にそうさけぶと、海賊船《かいぞくせん》の前に立ちふさがった。手には、いつのまにか、長いぼうを持ってる。スクリーンを引きおろすアルミのぼうだ。

――なんか、かっこいい！

それを見た秀太《しゅうた》の足に、少しだけ力がもどった。秀太《しゅうた》は、ゴリエと紗季《さき》と哲平《てっぺい》の肩《かた》を引っぱって、柚木《ゆずき》先生の後ろにかくれた。

「早く消えて！」

柚木《ゆずき》先生は、そうさけぶと、海賊《かいぞく》になぐりかからんばかりに、アルミぼうをふりかざした。

「おもしれえ、おじょうちゃん、やるのか?」

海賊《かいぞく》は、ブワンブワンと剣《けん》をふりまわすと、船から飛《と》びおりた。

「先生ムリムリ、ぜったい無理《むり》!」

ゴリエが金切《かなき》り声《ごえ》でさけぶ。

たしかにあんな剣《けん》に、つりざおみたいなアルミのぼうがかなうわけがない。

柚木《ゆずき》先生は、くやしそうに「もう!」とつぶやくと、持っていたぼうを投げだした。

カランコロン
なさけない音をたててころがったぼうは、床《ゆか》にたおれたいすにあたった。

それを見た柚木《ゆずき》先生、今度はそのいすをひろいあげた。

「いやあああああー」

柚木《ゆずき》先生が、悲鳴なのか、かけ声なのか、わからない声とともに、海賊《かいぞく》に向かって、いすをブンブンふりまわしはじめる。

もうムチャクチャで、必死《ひっし》という感じだ。秀太《しゅうた》たちには、柚木《ゆずき》先生の方が、いすにふりまわされているみたいにも見えた。

「おい、こら、おじょうちゃん、落ちつけって！」

海賊《かいぞく》は、あまりのすごみに両手をあげて、あとずさりしている。

「いや、いや、いやあー」

次のしゅんかん、柚木《ゆずき》先生の手からいすが飛《と》んだ。いすは、すんでのところでよけた海賊《かいぞく》の頭の上、すれすれを飛《と》んでいった。

バゴーン
すごい音が、教室にひびく。

いすが、教室の後ろのかべにぶちあたったのだ。

先生と海賊《かいぞく》は、おたがいびっくりしたらしく、動きを止めて、かべを見ている。

やがて、海賊《かいぞく》は、柚木《ゆずき》先生の方へ向きなおると、さけんだ。

「あっぶねえじゃねえかよお！」

そのときだ。

「なにしてるんですか？　城島君《じょうじまくん》、さっさと席《せき》につきなさい！」

きぜんとした声が、コンピューター室にひびいた。

後ろのかべ、いすがぶつかったあたりにだれか立っている。オレンジ色の西日に、赤いメガネがきらりと光った。

「あっ」

哲平《てっぺい》が指をさす。秀太《しゅうた》と哲平《てっぺい》が最初《さいしょ》に見た、あのメガネ先生だった。

「ちぇっ……はあい」

海賊《かいぞく》が、つまらなそうな返事をした。大きな刀をしまうと、すごすごと、かべに向かって歩いていく。

「ほら、早くする！」

すれちがったとき、メガネ先生に出席簿《しゅっせきぼ》で、おしりをポンとたたかれた海《かい》賊《ぞく》は、まるで子どものように首をすくめた。

海賊《かいぞく》は、かべに近づくにつれ、オレンジ色に光りだす。

そして、かべの中に消えていった。

ギリギリリギリギ――――ザザーン

あとを追うように、海賊船《かいぞくせん》も、海も、空もオレンジ色に光りだした。そして、すいこまれるようにかべの中に消えていく。

ザザー……

静《しず》かになった。

柚木《ゆずき》先生が、きゅうにふにゃふにゃとその場にすわりこんでしまった。空気がぬけた風船みたい。さっき、いすをふりまわしていたとは、思えない。

それを見て、秀太《しゅうた》たちのうでの力もぬけた。気がつかないうちにみんな、よっぽど強い力でだきあっていたらしい。今ごろになって、秀太《しゅうた》は、ゴリエにつかまれていたうでのあたりが、いたくなってきた。

すわりこんで、ぼうっとしている柚木《ゆずき》先生の方へ、メガネ先生が近づいてくる。メガネ先生は、柚木《ゆずき》先生に手をさしのべて言った。

「けっこう、先生らしいじゃない」

メガネ先生が、柚木《ゆずき》先生の手をとって、やさしく引っぱりあげる。

柚木《ゆずき》先生を立ちあがらせると、メガネ先生は、ぽかんと口を開けている柚木《ゆずき》先生に言った。

「私《わたし》に追いつくのなんて、もうすぐね」

メガネ先生が、柚木《ゆずき》先生の手になにかをにぎらせた。そして、にっこり笑《わら》うと、後ろのかべに向かって歩きだした。かべにあたっていた西日が、かげりはじめている。

「待って！」

柚木《ゆずき》先生が、さけんだ。

メガネ先生は、かべの前でふりむくと、手をふって……オレンジ色に光って、消えた。西日といっしょに。

ようやく秀太《しゅうた》たちの足に力がもどってきた。四人は立ちあがって、柚木《ゆずき》先生にかけよった。

「先生、だいじょうぶ？」

「うん」

「なにもらったの？」

先生は、ゴリエに言われて初《はじ》めて気づいたみたいに、自分の手ににぎられたものを見た。

「あっ」

それは、七夕《たなばた》かざりの短冊《たんざく》のような、もも色の紙だった。

『私《わたし》は、かっこいい先生になって、この学校にもどってきます！　六年六組柚木真由《ゆずきまゆ》』

紙には、赤いメガネの女の先生のイラストも書いてある。

「先生！　こっち」

教室の後ろのかべをたしかめていた哲平《てっぺい》が、手まねきしている。哲平《てっぺい》の指さすところを見て、かけつけた秀太《しゅうた》が声をあげた。

「あーあ。やっちゃった」

かべに手のひらぐらいの穴《あな》があいている。柚木《ゆずき》先生が投げたいすがあたったところだ。かべは、せっこうみたいな材料《ざいりょう》でできているらしい。穴《あな》のふちが白い粉《こな》だらけになっている。

秀太《しゅうた》はとなりの教室が見えるのかと思ったけど、ちがった。

穴《あな》の向こうには、十センチぐらいのすきまがあって、もう一枚《まい》、別《べつ》のかべがあったのだ。

ゴリエが、秀太《しゅうた》と哲平《てっぺい》をどかして、穴《あな》をのぞきこんだ。

「あれ？　ねえ、なにかはってあるよ！」

ゴリエにかわって、紗季《さき》も穴《あな》をのぞきこむ。

「先生、それみたいな紙が、たくさんはってある！」

「ええ!?」

今まで、ぼうっとしていた先生が、スイッチでも入ったようにかべにかけよった。

「ちょっといい？」

穴《あな》をのぞこうと、柚木《ゆずき》先生が、意外な力でゴリエと紗季《さき》をおしのける。

そのとたん、紗季《さき》がつかんでいた穴《あな》のふちが、ごっそりくずれてしまった。

穴《あな》はもっと大きくなった。意外と、もろいようだ。

「あっ！」

「これって……」

先生は、もっと穴《あな》を広げようと、穴《あな》のふちを引っぱった。でも、今度はそうかんたんにくずれない。さっきは、きっとヒビでも入っていたんだろう。

先生は、なにか心に決めたようすで、四人を見た。

「ちょっとみんな、はなれて」

今まで見たことのないような、きりっとした表情《ひょうじょう》に、四人は思わずあとずさる。

先生は、さっき、投げたいすを、もういちどひろいあげた。

「ちょ、ちょっと先生、どうすんの!?」

哲平《てっぺい》が聞くと、先生は、

「夢《ゆめ》が、あのときの夢《ゆめ》が、かべの中にとじこめられたまんまになってるの……助けてあげなきゃ」

と言って、かべに向かっていすをふりあげた。ゴリエがさけぶ。

「ちょっと、先生、だめえ！」

ボス！

思ったよりにぶい音。いすの足が、かべにくいこんだ。

先生が思いっきりいすを引っこぬくと、白い粉《こな》を飛《と》びちらせて、穴《あな》のまわりがくずれた。

画用紙ぐらいの大きな穴《あな》があいた。

きいろ、ももいろ、きみどり、みずいろ……

奥《おく》のかべ一面に、色とりどりの短冊《たんざく》が、たくさんの画びょうではってある。

画びょうはボロボロにさびついていた。けれども、なぜか短冊《たんざく》は、きのう、はられたみたいに新しい。

短冊《たんざく》には、文字やイラストが、色あざやかに書かれていた。

『パリで修業《しゅぎょう》して、ケーキ屋さんになる。　小島《こじま》なぎさ』

『保育園《ほいくえん》の保母《ほぼ》さんになって、子どもたちのおせわをする。　久我花乃《くがはなの》』

『父のような医者になって、家の病院をつぎたい。　大橋友也《おおはしともや》』

『F1《エフワン》レーサーになって、世界中のサーキットを走る。　増子友康《ますこともやす》』

『サッカー選手《せんしゅ》になって、ワールドカップ出場！　郷田仲治《ごうだしんじ》』

秀太《しゅうた》がさけんだ。

「これ、郷田《ごうだ》さんの夢《ゆめ》だ！　ほかにもいっぱいあるよ」

「ぜんぶ、助けてあげようよ！」

ゴリエがそういうと、柚木《ゆずき》先生は力強くうなずいて、また、いすをふりあげた。

「柚木《ゆずき》ぃ、なにしてんだあ」

ふりむくと、鬼塚《おにづか》先生と教頭先生が、目を丸くして立っていた。

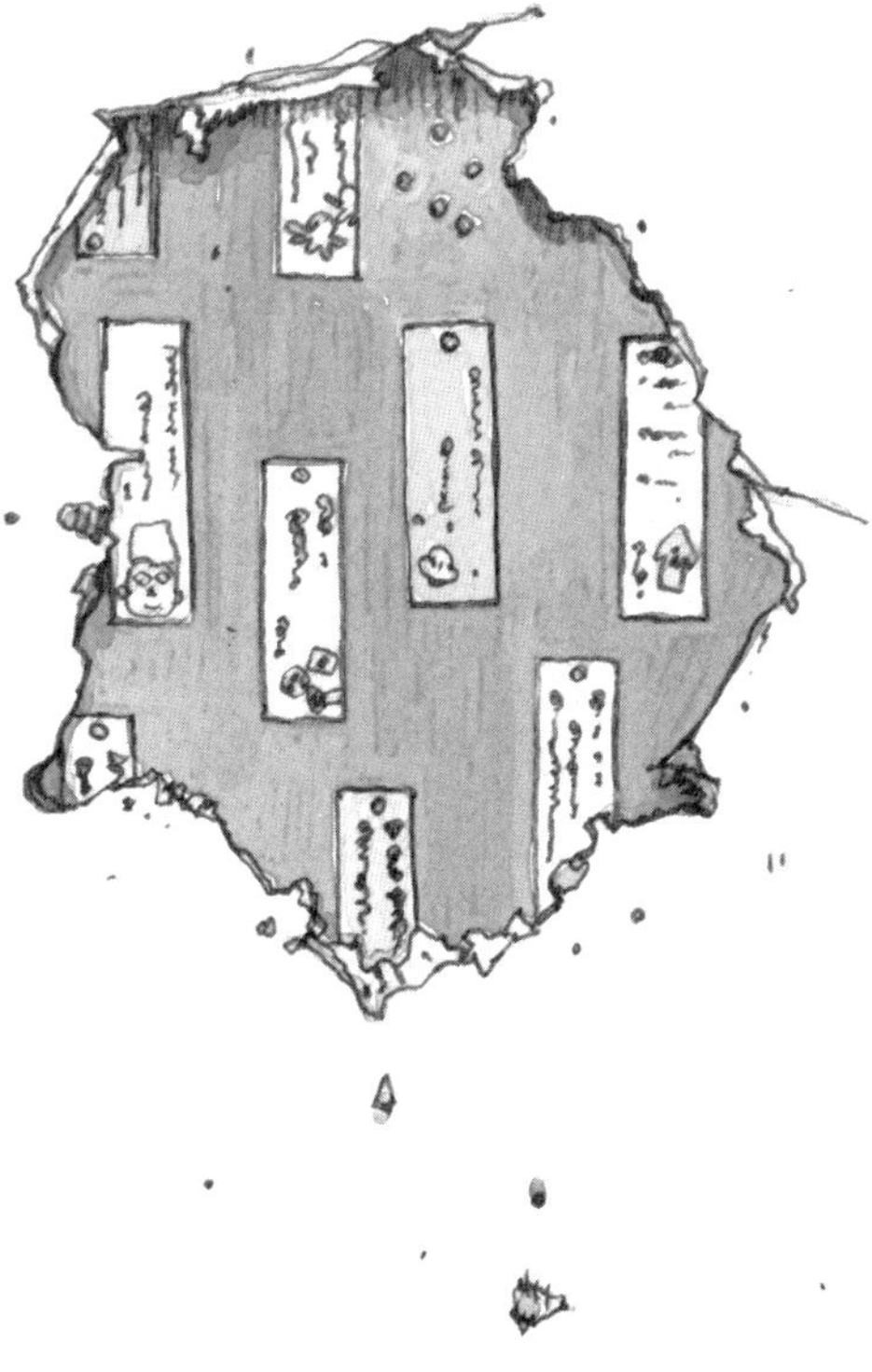

10　二年後の金曜日　すべてがわかる

みんなと教室から出てきた秀太《しゅうた》を、聞きおぼえのある声が呼《よ》びとめた。

「ちょっと、秀太君《しゅうたくん》」

秀太《しゅうた》がふりむくと、おそろいみたいな紺《こん》のワンピースを着た、梨絵《りえ》と紗季《さき》が立っている。

梨絵《りえ》に名前を呼《よ》ばれるのはひさしぶりだ。梨絵《りえ》も紗季《さき》も、五年生になったときから別《べつ》のクラス。それから、秀太《しゅうた》は二人とあまり話をしていない。

「なに？」

秀太《しゅうた》は、手に持った卒業証書《そつぎょうしょうしょ》が入った筒《つつ》を、くるくる回しながら答えた。

「てっちゃん、いる？」

――あれ？　前にもこんなことがあったような……

「おれなら、ここだよ！」

ポクン！

教室から飛《と》びだしてきた哲平《てっぺい》が、筒《つつ》で秀太《しゅうた》の頭をたたいた。

「いてえな、なにすんだよお」

「いい音すんだよ、これ」

哲平《てっぺい》は自分の頭もポクポクたたいている。梨絵《りえ》があきれて言った。

「あんたたち、あと三週間もしたら中学生だよ。だいじょうぶ？」

紗季《さき》が、ぷっとふきだしたあと、ちょっとまじめな声を出した。

「あのね、鬼塚《おにづか》先生が、私《わたし》たちを呼《よ》んでるの」

「おれたちを？」

「そう、私《わたし》たち四人」

今、鬼塚《おにづか》先生は三年生の担任《たんにん》だ。秀太《しゅうた》は思った。

――きっと、あのときの話だ。

＊　＊　＊

あの日、鬼塚《おにづか》先生は、柚木《ゆずき》先生からいすをとりあげると、ふりむいて四人に言った。

「もう、今日は帰りなさい」

教頭先生が、柚木《ゆずき》先生をいすにすわらせる。まだ心配で教室を出られないでいる四人に、鬼塚《おにづか》先生は、さっきの百倍ぐらいの声で、

「とっとと、帰る！」

と、どなった。

あわててろうかに出た四人を、今度は教頭先生が呼《よ》びとめた。走らされたり、止められたり、いそがしい。

「なにがあったかは、明日聞くよ。とにかく、柚木《ゆずき》先生のことは、クラスの

みんなには、ないしょにしておいてくれるかな？」

いつもへらへらしている教頭先生のしゃべり方が、いつもよりずっとまじめだ。四人は思わずうなずいた。教頭先生は、ニコッと笑《わら》って、「気をつけて帰りなさい」と言うと、コンピューター室にもどっていった。

次の日の金曜日、柚木《ゆずき》先生は学校を休んだ。鬼塚《おにづか》先生は「体調をくずした」としか言わない。教頭先生が言っていたのとちがって、四人がなにか聞かれることはなかった。

放課後《ほうかご》、四人は、コンピューター室へ行ってみた。カギがかかっている。戸のガラス窓《まど》からのぞくと、かべの穴《あな》には大きな模造紙《もぞうし》がはられていた。

——あんな大きな穴《あな》だったっけ？

四人は、あらためて、これはたいへんなことかもしれないと思った。

明けて次の週の月曜日、柚木《ゆずき》先生は学校に来た。なにごともなかったようにすごす柚木《ゆずき》先生に、四人はなかなか話しかけることができなかった。教頭

先生に「ないしょにしろ」と言われたからということもある。でもそれより、紗季《さき》が言った、

「教育実習で問題おこしちゃったら、柚木《ゆずき》先生、ほんとの先生になれないんじゃないかなあ」

という言葉が、みんなの口を重くした。

けっきょく柚木《ゆずき》先生は、だれともコンピューター室の事件《じけん》の話をすることなく、その週の金曜日に大学へ帰っていった。

あれから、コンピューター室でふしぎなことはおこっていない。

＊　＊　＊

窓《まど》が開けはなたれたろうかを、あたたかい春風がすべっていく。

職員室《しょくいんしつ》へ行くとちゅうで、紗季《さき》がうれしそうに言った。

「あのね、ケーヤンさんおぼえてる？　年末《ねんまつ》にやってたロックフェスに出てたんだよ」

前髪《まえがみ》が短くなって、よく見えるようになった、まっ黒な瞳《ひとみ》が、キラキラかがやいている。

紗季《さき》はあのときからだいぶ変《か》わったなあと、秀太《しゅうた》はあらためて思う。ギターを始めたらしいし、やぶれたジーンズも平気ではいている。どちらかというと、おとなしい方だったのに、今は紗季《さき》の元気な笑《わら》い声《ごえ》が、となりの教室から聞こえることもある。

秀太《しゅうた》は、梨絵《りえ》もほんの少しだけど変《か》わったと思っていた。ひっつめた髪型《かみがた》をやめたので、つり目に見えない。なんといっても、あまり男子をおこらなくなった。そのせいか、クラスの男子も、もう梨絵《りえ》をゴリエとは呼《よ》んでいない。

「すっげーじゃん、ケーヤンさん。でも、おれもさっそく春休みから、サッカー部の練習参加《さんか》すんだぜ。中学校の」

得意《とくい》げに哲平《てっぺい》が言う。秀太《しゅうた》は、変《か》わってないのは自分だけかもしれないと思った。

「失礼《しつれい》しまあす」

職員室《しょくいんしつ》の戸を開けると、意外に人が少なかった。

それでも、窓《まど》を通して校庭から、ガヤガヤと六年生の声が聞こえているので、にぎやかだ。うすぐもりの空の下、六年生、つまり卒業生《そつぎょうせい》は、先生たちや友だちどうしで写真をとったり、追いかけっこをしたり。いろんなやり方で別《わか》れをおしんでいる。

「おい、こっち」

手まねきをする鬼塚《おにづか》先生の机《つくえ》の前に、若《わか》い女の人が立っていた。ふりむいた女の人の顔を見た秀太《しゅうた》は、息をのんだ。

白いブラウスに紺《こん》の上着とスカートを着た女の人は、赤いメガネをかけている。

――あのときの……

梨絵《りえ》も紗季《さき》も、口を両手でおおっている。

「あんときの……ゆ、ゆうれい」

そう言ったまま、かたまっている哲平《てっぺい》に、女の人が言った。

「舟越君《ふなこしくん》、私《わたし》よ、柚木《ゆずき》です」

「え？　ああ！　先生！」

梨絵《りえ》と紗季《さき》がかけよる。秀太《しゅうた》もほんとうは、かけだしたいところだけど、ちょっとてれくさい。

「なんだ？　ゆうれいって？　変《へん》なやつだな。柚木《ゆずき》先生は、春からほんとうの先生になるそうだ。あんときは、ひやひやしたけどな」

鬼塚《おにづか》先生がニヤニヤしながらそう言うと、柚木《ゆずき》先生が、あのときはすみませんでしたと、頭をさげた。

「柚木《ゆずき》が、きみたちに話しておきたいことがあるんだと」

柚木《ゆずき》先生が、こっくりうなずいた。

「あとでコンピューター室に来てくれる？　校庭でみんなとお別《わか》れしたあとでいいから」

＊　＊　＊

四階は、あいかわらずしんと静《しず》まりかえっている。

秀太《しゅうた》は、哲平《てっぺい》と二人で、泣《な》いている柚木《ゆずき》先生をさがしにきた日を思いだした。けれども、あのときとちがって、ぼんやりとした光が満《み》ちていて、あたたかい。

四人がコンピューター室に行くと、柚木《ゆずき》先生は窓《まど》から校庭を見ていた。あたたかい春風が、先生の髪《かみ》をさらさらとゆらしている。うすぐもりの春の日が、先生をほんのりと光らせていた。オレンジ色ではないけれど、まるで、あのときのメガネ先生みたいだ。

「先生、夢《ゆめ》のとおりになったね」

秀太《しゅうた》が、そう言うと、柚木《ゆずき》先生は笑《わら》いながら首をふった。

「このメガネのせいだよ……まずはかっこうから。それよりみんな、あのときはごめんね。なにも話さないで、お別《わか》れしちゃって」

「先生、鬼塚《おにづか》先生や、教頭先生にしかられたんでしょ？」

心配そうに紗季《さき》が言うと、柚木《ゆずき》先生は、

「それがね……あまりしかられなかったの」

と笑《わら》った。

「鬼塚《おにづか》先生たちね、実習がたいへんで、私《わたし》がおかしくなっちゃったって思ったみたい。きみたちに呼《よ》びだされて、いじめられてたんじゃないかとも言われたわ」

梨絵《りえ》と紗季《さき》が、「え～、ひどおい」と言って顔を見あわせた。

「だから、私《わたし》、あの子たちは関係《かんけい》ありませんって言ったのよ。『かべのすきまから短冊《たんざく》が見えて、どうしてもとりたくなったんです、それで、かべをこわしちゃってたところを、四人に見つかったんです』って言ったの」

「そんなこと言ったんですかあ。だから、あのあと、おれたち先生になにも聞かれなかったんだ。おれ、いつ職員室呼《しょくいんしつよ》ばれるか、ハラハラしてたんだよ」

哲平《てっぺい》が、あごのあたりをさわりながら言った。あのときから、哲平《てっぺい》は、考えながら話すとき、よくこうする。

「私《わたし》もあのあと、みんなとたくさん話したかった……。でも、かべこわしたことに、やっぱりみんなが関係《かんけい》あるって思われちゃうかなって……心配しちゃったの。話せなくてごめんね」

柚木《ゆずき》先生が、教室の後ろに向かって歩きはじめた。先生を追いかけるみたいにカーテンがたなびく。

先生はかべの前に立つと、穴《あな》があいていたあたりをやさしくなでた。今では、すっかりもとどおりになっている。

「でね、あのとき、みんなが帰ったあと、鬼塚《おにづか》先生と夢《ゆめ》の紙をぜんぶはがして、とりだしたんだよ」

「ええ!?」

「鬼塚《おにづか》先生と教頭先生、図工室から大工道具《だいくどうぐ》持ってきてくれて」

「穴《あな》、広げちゃったんですか?」

「そうなの、教頭先生が、どうせ、かべ板はりなおすんだから、いいんじゃないって」

意外そうな顔でゴリエが聞く。

「教頭先生まで、てつだってくれたの?」

「うん。それがね、ここをコンピューター室にするとき、短冊《たんざく》とかそのままで、新しいかべはっちゃったの、教頭先生だったんだって」

「そうなの?」

「大工《だいく》さんに、『どうせ上から新しいかべ板をはっちゃうんだから、そのままでいいんじゃない』って言ったそうよ」

「そうかあ、夢《ゆめ》の紙をとじこめた犯人《はんにん》は、教頭先生だったのかあ」

哲平《てっぺい》が、あごをさわりながら言った。『いいんじゃない』が口ぐせの教頭先生らしいと、秀太《しゅうた》は思った。

「ねえ、そのとりだした夢《ゆめ》の紙、どうしたんですか？　私《わたし》見たい！」

梨絵《りえ》が、目をかがやかせて聞いた。

「うーん、残念《ざんねん》だけど、去年、同窓会《どうそうかい》を開いて、みんなに返したわ。でもね、そのとき、おもしろいことがわかったの」

「おもしろいことって？」

「出てきた夢《ゆめ》はね、みんなまだ生きてる夢《ゆめ》だったの」

紗季《さき》が身をのりだす。

「生きてる夢《ゆめ》ってなに？」

「まだあきらめられていない夢《ゆめ》。パティシエールの夢《ゆめ》を書いた小島《こじま》さんは、今、パリで勉強中だし、ケーヤンも夢《ゆめ》に向かってバンドがんばってる。そうそう、医学部《いがくぶ》行ってる子もいるよ。私《わたし》も先生になる夢《ゆめ》すててなかったし。

生きてる夢《ゆめ》だったから、あんなふうにみんなの夢《ゆめ》と呼《よ》びあって、目をさますことができたんじゃないかと思うの」

「郷田《ごうだ》さんの夢《ゆめ》は？」

「郷田君《ごうだくん》の夢《ゆめ》も……郷田君《ごうだくん》は天国に行っちゃったけど、夢《ゆめ》は、まだこの世に生きつづけてるんだよ……きっと」

柚木《ゆずき》先生は、やさしくほほえみながらうなずいた。

「先生、じゃあ、あの……海賊《かいぞく》は？」

秀太《しゅうた》がおそるおそる聞いた。聞くのがこわいけど、いちばん聞きたい。

柚木《ゆずき》先生は、

「うん！　あの海賊《かいぞく》ね……」

と言って、上着のポケットから手帳をとりだした。黄色い短冊《たんざく》がはさまっている。

「これでしょ？」

「あ！」

先生がさしだした、その黄色い短冊《たんざく》を見て、四人は思わず声をあげた。

なぜなら、その短冊《たんざく》には、文字ではなく、黒いマジックで、あのときの船と海賊《かいぞく》がかかれていたのだから。

「『鋼《はがね》のパイレーツ』っていうマンガ知ってる？」

秀太《しゅうた》が大きくうなずく。

「もちろん！　あのマンガ大好《だいす》き」

「あのマンガをかいてる人ね、これかいた城島君《じょうじまくん》なの。六年六組の生徒《せいと》だったのよ」

「ええ？　ほんとう⁉」

「城島君《じょうじまくん》ね、小さいころから海賊《かいぞく》にあこがれてて、でもなるのは無理《むり》だから、海賊《かいぞく》マンガをかくって決めてたの。その主人公をかいたんだって」

「漫画家《まんがか》になりたいとは書かなかったのね。それで海賊《かいぞく》が出てきたんだあ」

ゴリエが感心したように言った。

「もちろん、彼《かれ》に海賊《かいぞく》がほんとに出てきたことは言わなかったけど、藤木君《ふじきくん》のこと話したよ」

「ぼくのこと？」

「そう、あの海賊《かいぞく》って、藤木君《ふじきくん》の夢《ゆめ》でしょ？」

秀太《しゅうた》の顔がみるみる赤くなる。

あのあと秀太《しゅうた》は、梨絵《りえ》や紗季《さき》や哲平《てっぺい》から、秀太《しゅうた》の夢《ゆめ》は海賊《かいぞく》なのかって、さんざん聞かれた。

思いうかべたのはたしかだけど……今でも、秀太《しゅうた》には、はっきり「そう」とも「ちがう」とも答えられない。

「今、あの教室に、城島君《じょうじまくん》と同じような夢《ゆめ》を見てる子がいるのよって教えたの。そうしたら、これ、あなたにあげるって」

柚木《ゆずき》先生は、持っていた短冊《たんざく》を秀太《しゅうた》に手わたした。

「え？　くれるんですか？」

「うらを見て」

秀太《しゅうた》は、短冊《たんざく》をうらがえした。

親指をつきだした、「鋼《はがね》のパイレーツ」の主人公が書いてある。そして『同じ夢《ゆめ》を見ているきみへ』と書いてあった。

「これを、ぼくに？　いいの？」

「もちろん。城島君《じょうじまくん》が、ぜひその子にあげてって。まだ、藤木君《ふじきくん》の将来《しょうらい》の夢《ゆめ》は、映画俳優《えいがはいゆう》かなにか？」

「へ？」

きょとんとしている秀太《しゅうた》に、哲平《てっぺい》が聞いた。

「秀太《しゅうた》、おまえ、俳優《はいゆう》になりたいの？」

柚木《ゆずき》先生が、口に手をあてながらあわてて言った。

「俳優《はいゆう》さんになって、海賊《かいぞく》の役をやりたいとかそういうことかなって……あ

れ？　ごめん、ひょっとして、ほんとの海賊《かいぞく》になりたかったの？」

「や、ちがいます、そんな……」

自分の顔がどんどん熱《あつ》くなっていくのがわかる。

けれどそのとき、秀太《しゅうた》は、胸《むね》の中でごちゃごちゃしていたものが、すとんと整列したみたいな気がした。

自分は、海賊《かいぞく》そのものになりたいんじゃない……あの学芸会《がくげいかい》のときの気持ちよさ……舞台《ぶたい》の上、みんなの拍手《はくしゅ》……ぼくのなりたいものって、ひょっとしたら……

「でも、秀太君《しゅうたくん》、俳優《はいゆう》さん向いてるかもよ」

紗季《さき》がまじめな顔で言う。

「いいよ、ぜったい。私《わたし》、秀太君《しゅうたくん》が映画《えいが》やテレビとかに出てるとこ、見てみたい……」

梨絵《りえ》がそう言ったのを聞いて、秀太《しゅうた》の顔はますます熱《あつ》くなった。熱《あつ》くて耳がちぎれそう。

「そんな、なれるわけないよお。おれ、そんなかっこよくないし」

秀太《しゅうた》が言いおわらないうちに、哲平《てっぺい》が秀太《しゅうた》の肩《かた》をバシバシとたたく。

「かっこよくない俳優《はいゆう》さんだって、たくさんいるじゃん！　それでさあ、『鋼《はがね》のパイレーツ』、映画《えいが》になったら、主役やればいいんだよ。そしたら、おれ、芸能人《げいのうじん》の友だちいるってじまんする！」

哲平《てっぺい》は、もう、そうなったかのように得意《とくい》げに胸《むね》をはった。

「そんな、勝手に決めんなよお。だいたい俳優《はいゆう》なんて、無理《むり》だって」

てれる秀太《しゅうた》を見つめながら、柚木《ゆずき》先生がまじめな声で言った。

「そうかなあ……一見《いっけん》、無理《むり》そうな夢《ゆめ》だって、持ちつづければ、必《かなら》ずかなうんだよ。夢《ゆめ》をかなえちゃった人って、よくそういうこと言うでしょ？　私《わたし》も『そんなの、自分がたまたまうまくいったから、言えるんだよ』なんて思ってた。でもね……」

柚木《ゆずき》先生が、手帳から、もう一枚《まい》、短冊《たんざく》をとりだした。

あの赤いメガネの先生の短冊《たんざく》だ。

先生は、その短冊《たんざく》をみんなに見せながら続《つづ》けた。

「私《わたし》ね、あのコンピューター室でのことで、夢《ゆめ》って、そのものにも強い力があるってつくづく思ったの。

夢《ゆめ》って生き物なんだなって、よくわかったんだ。

持ちつづけなきゃ、弱って死んじゃうけど、がんばれば、それが栄養《えいよう》になって生きつづける。生きつづければ、大きくなって、いつかかなう」

そう言う柚木《ゆずき》先生は、短冊《たんざく》の赤いメガネの先生そのままに見える。

紗季《さき》が、前なら考えられないような大きな声で言った。

「じゃあ、どんな無理《むり》っぽい夢《ゆめ》でも、今から栄養《えいよう》あげてれば、かなっちゃうかも！　私《わたし》、ケーヤンさんみたいにギターがんばってみよう。ぜったい、ミュージシャンになる！」

「無理《むり》かもしんないけど、おれ、サッカーの日本代表になる！」

「いいんだよ。今からなら、無理《むり》っぽい夢《ゆめ》ほどいいのかも。私《わたし》も日本一じゃなくて、世界一のパティシエールになる！　本気だよ」

みんながいっせいに秀太《しゅうた》の顔を見る。

「ちょっと待ってよ、まだ、俳優《はいゆう》が夢《ゆめ》だなんて、おれ、言ってないからあ」

秀太《しゅうた》が、だだっこみたいに、首をふった。みんなが笑《わら》った。

でも、今の秀太《しゅうた》の胸《むね》は、これまで感じたことのない気持ちでいっぱいだ。

心の底《そこ》から、ほんとうにワクワクする気持ち。

雲がどいたのか、窓《まど》から日の光がさしこんできた。秀太《しゅうた》が持っている短冊《たんざく》に、春のあたたかな光がふりそそぐ。

秀太《しゅうた》には、短冊《たんざく》がきゅうに光りだしたみたいに見えた。

●作　藤重ヒカル（ふじしげ ひかる）

1965年、千葉県生まれ。武蔵野美術大学卒業。

建築インテリアの仕事に従事するかたわら、飯野和好氏に師事。絵本・童話をかきはじめる。

2016年、『日小見（ひおみ）不思議草紙』（偕成社）でデビュー。

2017年、同作品で日本児童文学者協会新人賞を受賞。

ほかの単行本作品に『さよなら、おばけ団地』（福音館書店）がある。

●絵　宮尾和孝（みやお かずたか）

1978年、東京都生まれ。イラストレーター。装画を手がけた作品に、「チーム」シリーズ（吉野万理子・作、学研教育出版）、『The MANZAI』（あさのあつこ・作、ポプラ文庫ピュアフル）、『パンプキン！　模擬原爆の夏』（令丈ヒロ子・作）、『3人のパパとぼくたちの夏』（井上林子・作）、『10月のおはなし　ハロウィンの犬』（村上しいこ・作）、『どうくつをこねる糸川くん』（春間美幸・作）、『新聞記者は、せいぎの味方？』（みうらかれん・作）（以上、講談社）などがある。

装丁／DOMDOM　　編集協力／志村由紀枝

教室に幽霊《ゆうれい》がいる!?
作●藤重ヒカル　絵●宮尾和孝

初版発行―2018年9月　第6刷発行―2020年6月

発行所―株式会社 金の星社
〒111-0056 東京都台東区小島1-4-3
電話 03(3861)1861(代表)　FAX.03(3861)1507
ホームページ http://www.kinnohoshi.co.jp
振替 00100-0-64678

印刷――株式会社 廣済堂
製本――牧製本印刷 株式会社

NDC913　ISBN978-4-323-07419-1　152P　19.5cm